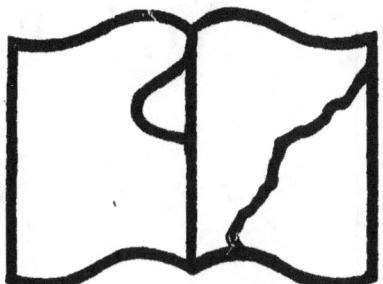

Début d'une série de documents
en couleur

J.-F. GROS

SCÈNES DE LA VIE THERMALE

VINGT ET UN JOURS

A VICHY

PRIX : 3 FRANCS

DU MÊME AUTEUR :

GUIDE-POCHE-VICHY — Treizième Édition.

PRIX { Broché.. « fr. 50 centimes.
Relié.... 1 fr. 25.

VICHY-POCKET-GUIDE — English Edition.

PRIX : 1 fr. 25.

CUSSET. — IMPRIMERIE J. ARLOING & M. BOUCHET.

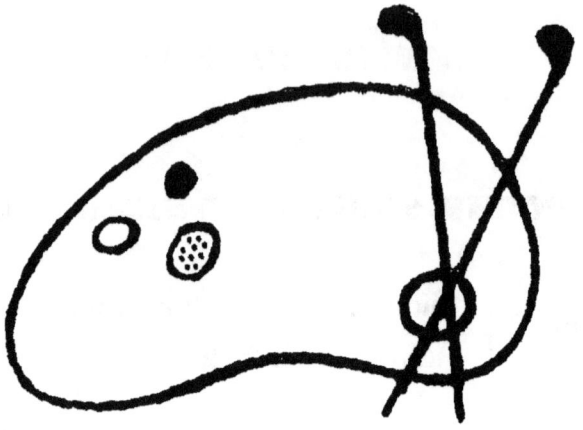

L'un d'une série de documents
en couleur

SCÈNES

DE LA VIE THERMALE

VINGT ET UN JOURS

A VICHY

Voici un roman qui pourrait s'intituler :
UNE HISTOIRE VRAIE.

Je le dédie aux demi-malades, aux gens qui
ont des loisirs entre le bain, la douche et le
verre d'eau. Ces loisirs — il faut bien qu'on
le sache — certains *industriels* chercheront
peut-être à les utiliser à leur profit. Telle
est l'éventualité contre laquelle j'ai voulu

mettre en garde le lecteur; tel est le but de cet ouvrage.

Vichy est la ville de la santé; c'est aussi un séjour charmant. Malheureusement, les plus belles plantes ne sont pas à l'abri des champignons parasites. Et j'ai voulu montrer quelques échantillons de ceux qu'on est exposé à rencontrer à Vichy.

VINGT ET UN JOURS

A VICHY

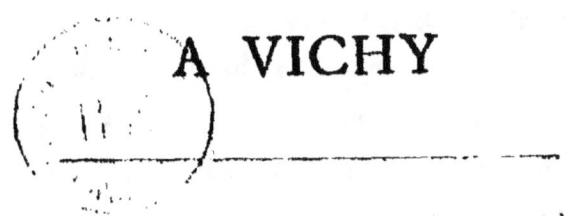

1

Ce soir-là, on donnait *Fédora* au Casino de Vichy, et le nom de Sarah Bernhardt était sur l'affiche.

On venait d'achever le premier acte ; le rideau tombait au milieu des acclamations du public. Sarah, habituée aux triomphes dramatiques, se faisait prier pour reparaître sur la scène, malgré les rappels. De toutes parts des voix, dans la salle, criaient : Sarah ! Sarah ! Enfin, elle céda aux instances de la foule, et s'avança vers la rampe, avec une nonchalance

de reine et ce sourire étrange qui donne une
expression si particulière à sa physionomie. Les
bravos redoublèrent ; des bouquets tombèrent
sur la scène ; et, tandis que Berton se
précipitait pour les ramasser, la salle entière
retentissait d'acclamations telles que la grande
artiste, rentrée dans les coulisses, dut reparaître une seconde fois.

Au deuxième rang des fauteuils d'orchestre,
un Monsieur se faisait remarquer par le débor-
dement d'un enthousiasme qui touchait à la
frénésie. Plus fort que tous les autres, il avait
crié : Sarah ! Sarah ! Il lui avait jeté le plus
beau des bouquets lancés sur la scène, et
maintenant qu'elle avait disparu, que le rideau
était tombé, il applaudissait encore. Par instants,
comme un feu mal éteint qui se ranime, les
bravos recommençaient, et un nouveau frémissement agitait la salle.

Cela dura près de dix minutes ; mais déjà la
grande masse des spectateurs avaient quitté
leurs fauteuils et s'écoulaient par les issues,
trop étroites pour la poussée d'une pareille
foule.

La foule était énorme, en effet. Malgré le prix
relativement élevé des places, qui avait été
porté, pour cette représentation, à vingt francs,
l'administration n'avait pu suffire aux demandes.
On avait installé des sièges supplémentaires
derrière les loges, dans les passages, à l'orchestre des musiciens; et tout avait été loué.

Bon nombre de spectateurs étaient restés à
leurs places pendant l'entr'acte. Il y avait encore
là une salle; et une salle très-élégante, très-
surexcitée, presque bruyante. Des conversations animées s'étaient engagées dans les
groupes des loges et entre voisins de fauteuils.
Naturellement, Sarah faisait les frais de la
plupart de ces conversations; mais le public du
théâtre y était aussi pour une part, à en juger
par le jeu très-actif des lorgnettes dont l'objectif
parcourait les loges, les galeries et l'orchestre.

— Quel est donc ce Monsieur qui, tout à
l'heure, applaudissait avec tant de feu? demanda
à son voisin une jeune fille qui se trouvait,
avec deux autres personnes, son père et sa
mère, dans une loge de droite.

— Ce Monsieur, Mademoiselle, répondit le

voisin, c'est l'homme répandu dans la société ;
c'est le fonctionnaire influent ; c'est le personnage considérable. Il n'est personne ici qui ne
connaisse le docteur Asparagus, conservateur
des Poudres et Parchemins de l'Etat à Vichy.
Il est encore debout à sa place : voyez de quel
air il salue les gens, avec quelle insistance
son œil fouille tous les coins de la salle pour
y découvrir quelque personnage en vue avec
lequel il puisse échanger un signe amical. Heureusement sa taille lui permet d'apercevoir de
loin et de haut. Connaissez-vous, Mademoiselle,
le nombre exact des cheveux qui couvraient le
chef de Molière, le jour de sa mort?

— Quelle plaisanterie !

— Il le connaît, lui ; il sait la taille de l'ongle
du petit doigt de Racine. C'est, du reste, un
collectionneur infatigable, un érudit et un
enthousiaste des objets d'art. Pas égoïste pour
un sou, il a transformé son cabinet de travail en
un musée... public.

— Vous pourriez, à ce qu'il me semble,
Monsieur William, revendiquer pour vous le
qualificatif que vous appliquiez tout à l'heure

à votre docteur Asparagus. Quiconque veut des détails sur la société qu'on rencontre ici n'a qu'à s'adresser à vous.

— Mais c'est un avantage, convenez-en. A côté du docteur Asparagus est M. G***, le Préfet de l'Allier, un aimable homme qui a la réputation d'être un administrateur conciliant et habile. J'ai eu occasion de le rencontrer au Cercle International. Près de M. le Préfet, un personnage considérable du parti légitimiste, un original qui ne porte que des costumes bleu-clair, liserés de blanc. Ici, la République coudoie sans horreur la Monarchie.... Un peu plus près, au cinquième rang des fauteuils, ce grand vieillard encore vert... là, le voyez-vous?

— Oui.

— C'est l'auteur du *Roman d'un Jeune Homme pauvre*; c'est Octave Feuillet. Il est assis à côté d'un reporter du *Figaro* qui prend des notes. Cet autre vieillard est notre ministre des affaires étrangères, actuellement à Vichy. Également flanqué d'un reporter. Mais celui-ci appartient à un journal anglais, et a tout l'air d'*interviewer* notre homme d'État. Ici, un personnage russe que vous connaissez de nom, sans doute, le comte G***. Tenez, il quitte sa place... Oui, ce monsieur à longs favoris blancs, au type slave fortement accentué. Le voilà qui s'arrête à causer avec une altesse impériale, le prince A***... Voici la R***, jadis grande artiste et jolie femme ; devenue.... ce que vous voyez. Maintenant, voulez-vous diriger votre lorgnette de ce côté, Mademoiselle ? Troisième loge à gauche, presque en face de nous. C'est cela. Hé bien ?

— Oh ! la ravissante femme !

— On l'appelle la « Belle Anglaise ». Elle est célèbre à Vichy. Des yeux d'un bleu profond qui rappelle la mer ; une chevelure d'or bruni ; des lèvres rieuses et spirituelles ; des oreilles les plus petites que j'aie jamais vues. Cependant elle a la bouche un peu grande, ne trouvez-vous pas ?

— Je trouve qu'elle est admirablement jolie. Tiens, papa, dit Claire en passant sa lorgnette à un Monsieur entre deux âges qui se trouvait dans le fond de la loge, à côté de son interlo-

cuteur, regarde donc cette dame. Troisième
loge à gauche. En face.

— Là-bas, continua le jeune homme, une
Anglaise encore. Oh! celle-là n'est pas moins
fameuse que la première, mais d'une autre
façon et dans un autre monde. Sa chevelure
semble teinte de sang. La voyez-vous? Cela fait
comme une flamme autour de sa tête.

Et, à voix basse, se penchant vers le papa :

— Une flamme en effet. On l'appelle la
« Femme de Feu ».

Maintenant, continua William, voici une
inconnue qu'on a baptisée « Beauté et Mystère ».
Beauté, vous pouvez en juger. Elle est brune
comme la nuit ; mais elle a un nez grec d'une
pureté antique et d'admirables yeux pleins
d'éclairs. Toujours vêtue de noir, comme vous
la voyez, et d'une façon si simple que sa toilette paraîtrait négligée si elle n'était portée
avec cette suprême élégance. Il y a, autour de
sa personne et de son nom, une légende, mais pas
d'histoire. M. Asparagus lui-même ne sait rien
de précis sur cette personnalité étrange, que la
rumeur fait venir de Naples, et qui serait née

sur les bords du Nil. Toujours sous toutes réserves.

Il parait, ajouta le jeune homme en se tournant vers M. Rabotteau, qu'elle a appartenu à l'ex-khédive, et qu'elle est tout bonnement en rupture de harem. Ce jeune Egyptien que vous voyez dans la loge, près d'elle, serait son libérateur.

La jeune fille dirigea les verres de sa lorgnette vers le couple désigné par William, et les tint fixés quelques instants sur le visage bruni de l'Egyptienne ; mais elle ne fit aucune réflexion.

Cependant la chaleur de la salle montait, noyant les loges et les fauteuils de balcon.

On étouffe ici, observa Rabotteau en s'épongeant le front. Monsieur William, puis-je vous offrir un rafraîchissement? Venez-vous, Mesdames ?

Chacun déclina cette invitation et Rabotteau sortit seul.

Après un silence :

— Tu n'es pas fatiguée, maman? demanda la jeune fille à sa mère.

— Mais non, mon enfant, répondit l'excellente femme avec un sourire pâle de malade ; cela me fait plaisir de voir que tu t'amuses.

Déjà, à l'appel de la sonnette qui annonçait le lever du rideau, la foule se hâtait de rentrer dans la salle. Il se produisait un bruissement de robes froissées par le contact des banquettes, de manteaux jetés sur le dos des fauteuils, d'éventails agités et de conversations à mi-voix. Il y avait, sous la lumière des lustres, un ruissellement de feux lancés par les parures de ces dames, et comme un ondoiement féerique.

— Je m'étonnais de ne l'avoir pas aperçue, dit tout-à-coup William, en désignant une blonde, à la taille élancée et aux cheveux de caniche ébouriffé, qui s'asseyait dans un fauteuil de pourtour. On l'appelle ici Froufrou ; à Trouville, où on ne la connaît pas moins qu'à Vichy, on la désigne sous le nom de Madame Pirouette. Un sobriquet peu respectueux. C'est cependant la femme d'un diplomate. Elle fait, quant à elle, de la diplomatie à rebours ; ce n'est pas toujours la plus mauvaise. Un feu

d'artifice que cette femme-là ! Des saillies, des
reparties, des fusées, des étincelles ; puis elle
tourne sur ses talons, et disparaît comme un
météore. On ne sait jamais où elle est que
quand on l'entend parler. Mais, dès qu'elle se
trouve quelque part, un tourbillonnement
révèle sa présence. Elle sait toutes les nouvelles ; mais on se demande comment elle fait
pour avoir la patience de les apprendre. Elle
les devine, probablement.

— Est-ce son mari, ce personnage grave
guillotiné par son faux-col ?

— L'antithèse de sa femme. Elle parle toujours, il ne parle jamais. Elle tourne sur elle-
même comme une toupie, il ne fait pas un
mouvement en dix minutes. Il a l'immobilité
de la statue du Silence. On fait à Madame le
reproche de se décolleter beaucoup. Monsieur,
lui, est toujours boutonné jusqu'au menton. Il
passe pour un homme profond, comme de
juste. Je crois qu'il a la profondeur des bonzes
occupés toute leur vie à contempler leur
nombril. La preuve, c'est qu'il y a eu, dans sa
vie de diplomate, deux ou trois difficultés, et

que ce n'est pas lui qui les a dénouées. Vous devinez qui, n'est-ce pas ? Sa femme.

— Vous êtes drôle.

— Mais non, je fais un portrait que je ne flatte pas, voilà tout. Et tenez. Voilà l'intime amie de Madame Froufrou, la comtesse Flavie, une femme qu'on est toujours sûr de trouver aux eaux ou sur la plage. Les méchantes langues disent qu'elle y cherche un mari. Le diplomate y a employé toute sa finesse, et la diplomate, toute son étourderie. Peines et diplomatie perdues ! La comtesse Flavie erre de piscine en grève comme ces âmes en peine des récits mythologiques, qui essayaient en vain de passer le fleuve infernal.

— Oh ! maman, s'écria tout-à-coup la jeune fille, vois donc cette rivière de diamants... au cou de cette grosse dame... Là, au premier rang du pourtour... C'est un éblouissement.

— Ah ! dit William, je gage que vous voulez parler de Mme Potence.

— Si c'est un nom de fantaisie, observa Mme Rabotteau, il n'est pas flatteur.

— Mais ce n'est pas un nom de fantaisie,

Madame, repartit le jeune homme. Il appartient bien et dûment à celui qui le porte, et c'est peut-être la seule chose au monde qu'il n'ait pas volée.

— Mauvaise langue ! s'écria Claire.

— Mon Dieu ! non. Je n'ai pas de motifs d'animosité personnelle contre ce Monsieur. C'est à peine si je le connais. En revanche, un de mes amis l'a beaucoup connu, trop connu. C'est à cette circonstance que je dois d'être initié à certaines particularités de la vie de M. Potence. Des particularités historiques ; et l'histoire, Madame, est quelquefois obligée d'avoir mauvaise langue. Depuis le krach, il a renoncé aux tripotages de Bourse, après un gigantesque coup de filet opéré, à la dernière heure, sur l'*Union Générale*, et maintenant il court les villes d'eaux. En été, on le voit à Vichy, à Royat, à Trouville, à Biarritz ; en hiver, il est à Nice... à moins que ce ne soit à Monaco.

— Enfin, cet abominable homme est le modèle des maris.

— Oui, Madame..., si la fidélité conjugale se

mesure à la grosseur des diamants dont un mari couvre sa femme. Madame Potence est la bourgeoise de France qui a le plus de bagues, de bracelets, de colliers et de rivières de toute eau. Elle les étale de la façon que vous voyez : elle a toute la superficie nécessaire pour ça. Brave femme, du reste, aussi foncièrement honnête que son mari est foncièrement... le contraire.

— Il est là, votre Monsieur Potence ? demanda la jeune fille.

— Lui ! Jamais. Il ne paraît jamais avec sa femme. C'est son absence qu'il lui paie en diamants à tant le carat.

A ce moment, Rabotteau reparut.

— M. William, dit Claire, est en veine de médisance. Gronde-le donc, père, d'exercer sa verve aux dépens du prochain.

— Je proteste, Mademoiselle, riposta vivement le jeune homme ; j'ai eu l'honneur de vous dire que mes appréciations étaient basées sur l'histoire.

Ils furent interrompus par les trois coups réglementaires, frappés à intervalles égaux.

Le rideau se releva. Le plus grand silence s'établit dans la salle.

C'était plaisir de voir et d'étudier la jolie physionomie de Claire pendant cette représentation.

« Jolie » n'est peut-être pas le mot ; car Claire Rabotteau n'avait pas complètement ce qui fait donner à un visage de femme cette épithète. Ses traits n'étaient pas réguliers, et ses amies déclaraient qu'elle avait une grande bouche. Le nez à la roxelane était tout ce qu'il y a de plus indépendant au point de vue de la pureté des lignes ; mais il y avait, dans les ailes mobiles de ce nez, l'indice d'une sensibilité si vive ; les yeux, gris foncés, pétillaient d'une malice si spirituelle ; les dents brillaient si belles et si blanches dans le pourpre humide des lèvres ; le diable avait niché dans les joues une si adorable petite fossette, et mis tant de grâce rieuse dans les coins de la bouche ; bref, la physionomie tout entière révélait tant de mutinerie, de gaieté, de naïveté à la fois curieuse et moqueuse, que l'expression « jolie » venait d'elle-même, en dépit de l'analyse, sur la langue de ceux qui la regardaient, comme elle vient sous la plume de celui qui la dépeint.

Elle suivait avec une attention passionnée le jeu de Sarah, et ses impressions éclataient dans ses regards, dans ses attitudes, dans ses gestes, dans la frénésie de ses bravos. Elle reprochait à William de ne pas applaudir assez ; elle grondait son père qu'elle trouvait froid, et, de temps en temps, sa main cherchait celle de la pauvre Madame Rabotteau, pour la serrer furtivement. Elle aspirait, pour ainsi dire, l'âme du drame violent dont *elle vivait* toutes les péripéties. Sa figure si expressive reflétait, avec une vérité et une force qui frappèrent William, les sentiments tumultueux dont elle recevait l'impression.

Cette impression était d'autant plus vive que Claire Rabotteau n'avait jamais eu, jusque-là, occasion d'entendre une grande artiste. Vivant assez retirée dans la maison de son père, qu'elle dirigeait depuis la maladie de Mme Rabotteau, elle n'allait pas deux fois par an au théâtre de Semur, sa ville natale, où elle avait passé les dix-neuf années de sa vie. Là, de temps à autre, une troupe de passage donnait une représentation ; mais le ton déclamatoire de ces cabotins qui roulaient de ville en ville, traînant l'art sur des tréteaux dignes de Thespis, la faisait rire aux larmes. Elle avait assisté au théâtre de Dijon à quelques opéras : elle avait vu jouer la *Dame Blanche, Mignon,* le *Domino Noir,* le *Barbier de Séville ;* mais, pour la première fois, le grand art se révélait à elle. Chaque parole, chaque inflexion de voix de la tragédienne trouvait en elle un écho non encore éveillé. Elle était absolument « empoignée » par la puissance de ce jeu ardent ; elle frissonnait de la tête aux pieds à chacun de ces cris d'amour, de haine ou de vengeance, où Sarah semblait faire passer toute son âme. Sans s'en apercevoir, elle était tout en larmes, quand son père, lui touchant l'épaule, lui dit à voix basse :

— Claire, ne pleure donc pas comme cela.

Simon Rabotteau avait vendu des céréales pendant toute sa vie. C'est assez dire que les choses de l'art et du théâtre n'avaient eu qu'une bien petite place dans ses pensées de commer-

çant en gros, uniquement préoccupé du soin
de faire une rapide et honnête fortune. La
fortune, au reste, lui avait souri, comme elle
sourit toujours aux hommes d'initiative, d'ordre
et de travail. Depuis une année, il vivait retiré
des affaires, en attendant l'occasion de marier
sa fille à un brave négociant comme lui.
Mais l'activité de son existence ne l'avait pas
mis à l'abri des attaques d'une goutte précoce,
encore anodine, qui, de temps à autre, comme
un avertissement, lui chatouillait l'orteil du
pied gauche. C'est un peu pour lui et beaucoup
pour sa femme que M. Rabotteau se trouvait,
à cette époque, à Vichy.

Au physique, sa fille lui ressemblait... en
mieux. L'abondance de ses cheveux, poivre et
sel, témoignait de la sobriété d'une vie exem-
plaire. Marié jeune à une femme qu'il aimait,
il n'avait connu ni les écarts ni les épuisements
de ce qu'on est convenu d'appeler « la vie de
garçon ». Aux fougues d'un tempérament san-
guin, il avait opposé les occupations journalières
d'une vie laborieuse; de telle sorte qu'il était
arrivé à l'âge de cinquante-deux ans avec un

cœur, pour ainsi dire, vierge, une parfaite inexpérience des orages des passions, des pudeurs, et presque des curiosités juvéniles.

Malheureusement, depuis quelques années déjà, sa femme souffrait d'une maladie nerveuse compliquée de difficultés gastriques et de troubles au cœur. Cette circonstance aidait à l'espèce de crise physiologique dont M. Rabotteau éprouvait inconsciemment les atteintes. Il avait sur les joues des couleurs violentes ; par intervalles, le sang lui montait brusquement à la tête, bourdonnait dans ses oreilles, troublait sa vue. La révolte de sa nature sanguine, le désœuvrement aidant, s'annonçait par des présages dont il ne se rendait pas compte, et qui l'eussent singulièrement troublé, s'il avait pu en deviner le caractère.

Ce n'était pas un esprit élevé ni un cœur capable de certaines délicatesses, que M. Rabotteau. Il avait sa bonne grosse honnêteté de commerçant, qui a trafiqué pendant trente ans de sa vie sans tromper sur la qualité ou la quantité de la marchandise. C'était un brave homme dans le sens vulgaire du mot. Sa

connaissance des chiffres et du roulement d'un
fonds de commerce lui avaient donné une certaine habileté pour traiter les affaires d'intérêt;
mais son intelligence ne s'étendait pas plus
loin, ne s'élevait pas plus haut. Très-inférieur à
sa fille dont il appréciait la nature droite et
énergique, il entourait Claire d'une tendresse
à laquelle se mêlait un sentiment qu'il n'avouait
pas, et qui ressemblait singulièrement à de
l'admiration.

Madame Rabotteau, ainsi que nous venons
de le dire, était sérieusement malade. La pauvre
femme n'avait jamais eu beaucoup de volonté;
c'était une sensitive. La moindre impression
pénible se traduisait chez elle par une contraction nerveuse qui lui causait une véritable
douleur physique. Absolument incapable de
dire « Je veux », elle devait le bonheur relatif
dont elle avait joui dans son ménage à l'affection
que son mari lui témoignait, et à cet enchaîne-
ment d'occupations qui avait fait à M. Rabotteau
une vie à part.

Elle semblait avoir été mise au monde pour
aimer, pour se dévouer. Elle vivait ainsi de

l'existence des autres, non de la sienne propre ;
que lui importait, à elle, toujours malade ?
L'affection dont elle souffrait avait un peu
assombri son caractère, et sa douceur naturelle
en 'avait été légèrement altérée. Elle avait
maintenant des accès de découragement ; mais,
en même temps, sa sensibilité maladive avait
redoublé d'intensité. Disons tout de suite que
ni son mari ni sa fille ne connaissaient la gravité
de son état ; autrement l'un eût été moins
insouciant ; l'autre, moins gaie. Ils avaient seulement remarqué avec peine certaines impa-
tiences nerveuses, qu'ils attribuaient à l'usage
des eaux de Vichy. Le docteur, pour n'alarmer
personne, avait employé, à son sujet, quelques-
unes de ces phrases vagues, destinées à flatter
l'espoir des malades et à tranquilliser ceux qui
les entourent. Seulement il avait recommandé
la prudence, une vie calme, et l'éloignement
de toute émotion violente, de quelque nature
que ce fût.

Ce n'était pas encore pour eux un intime, que
ce William Davis, qui venait de faire à Claire
la galerie de portraits reproduite plus haut,

mais une connaissance de table d'hôte. William
Davis s'était trouvé assis, aux repas, à côté de
Mlle Rabotteau, et la fréquence de leurs rapports journaliers avait créé entre eux une
espèce de familiarité amicale qui convenait au
caractère de l'un et de l'autre. Ils avaient de
l'esprit tous deux, et se plaisaient à causer
ensemble. Voilà pourquoi nous les trouvons, le
soir de la représentation de Sarah Bernhardt,
échangeant sur un certain nombre de personnages des réflexions qui n'étaient pas toujours
charitables, il faut l'avouer; mais qui, du
moins, reposaient sur des renseignements
précis.

Ces renseignements, d'où William Davis les
tenait-il ?

Mon Dieu ! c'eût été difficile à dire : William
Davis était un garçon qui n'avait absolument
rien à faire en ce monde, et qui occupait ses
loisirs à fréquenter les cercles mondains des
centres élégants comme Vichy. Il passait presque
tous ses hivers à Nice ; au printemps et en
automne, on le trouvait à Paris. L'été, il était
à Vichy, à Dieppe, à Trouville. Il connaissait

donc sur le bout du doigt ce qu'on est convenu
d'appeler le « Monde des Eaux ». Il avait entendu, dans les cercles qu'il fréquentait, une
foule d'histoires sur les personnalités les plus
en vue de ce monde à part, et si la conversation
avait eu lieu entre hommes, il aurait pu donner
bien d'autres détails plus piquants que les
premiers.

Terminons cette courte notice sur William
Davis en disant qu'il était né en Amérique,
d'un père Anglo-Saxon et d'une Française ; que,
tout jeune, il avait été amené en France ; qu'il
y avait été élevé ; que, ses parents étant morts,
il se trouvait, à l'âge de vingt-neuf ans, à la
tête d'une jolie fortune, absolument maître de
ses actions, un peu ennuyé de n'avoir rien à
faire, un peu blasé, un peu dévoyé par cette
vie sans but et fertile en mauvaises connais-
sances ; mais sain de cœur. L'oisiveté ne l'avait
point perverti ; seulement son sens moral
endormi ne le mettait pas toujours en garde
contre la fréquentation des personnes avec
lesquelles il se trouvait en contact. Il se liait
avec n'importe qui par insouciance, par fai-

blesse, pour occuper son temps d'une façon quelconque. Brave garçon, en somme, cœur facile, main ouverte ; capable d'enthousiasme et même de dévouement ; un de ces oisifs élégants comme on en trouve tant dans les villes d'eaux, où ils apportent les habitudes de leur vie décousue, inutile et vide ; un excellent camarade plutôt qu'un ami sûr.

A l'entr'acte suivant, il demanda à la famille Rabotteau pardon de la quitter un instant, pour aller serrer la main à un personnage de ses amis qu'il venait d'apercevoir, et saluer sa femme.

— Vous ici ! dit-il sans plus de préambule en entrant dans la loge et en s'inclinant devant la dame qui s'y trouvait. Vous m'aviez dit que vous ne viendriez pas.

— C'était, en effet, notre intention, à Mᵐᵉ Seyghine et à moi, répondit l'ami d'une voix traînante, avec un léger accent étranger ; puis, nous avons changé d'avis. On n'a pas tous les jours occasion de voir et d'entendre la grande Sarah.

— Il est inutile, Monsieur, de vous demander

si le spectacle vous intéresse, ajouta Mme Seyghine en agitant son éventail. Vous êtes en jeune et charmante compagnie, à ce que j'ai pu voir. Mes compliments ! Très jolie, la petite ; et très aimable aussi, sans doute.

— Très aimable, oui, Madame, dit William froidement (les expressions et le ton de persiflage affecté par Madame Seyghine l'avaient froissé). Et très jolie aussi. Je puis cependant dire que le charme de sa figure est le moindre de ses attraits ; car elle a infiniment d'esprit et de bon sens. Elle en a à revendre ; et je connais plus d'une belle dame qui, à ce marché, ne ferait pas une mauvaise acquisition.

— Ah ! fit Mme Seyghine, sèchement. Et, sans ajouter un mot, elle braqua les verres de sa lorgnette sur la famille Rabotteau avec une insistance si impertinente que Claire, s'apercevant de l'attention dont elle était l'objet, détourna les yeux.

William se retira, très-vexé. Michel le suivit dans le couloir pour l'accompagner jusqu'à sa loge.

— Comme vous prenez feu ! dit-il, en passant

son bras sous celui du jeune Américain. Est-ce que Madame Seyghine aurait touché la corde sensible ?

— Que voulez-vous dire ?

— Que vous faites la cour à cette petite provinciale, parbleu ! et que vous êtes assez pincé pour ne pas vouloir qu'on vous plaisante à son sujet.

— Hé bien ! répondit tranquillement Davis, vous vous trompez, mon cher... Je ne fais pas la cour à cette petite provinciale, comme vous l'appelez, et je ne suis pas pincé. J'ai relevé, un peu vivement peut-être, une intention impertinente de votre femme, parce que je n'admets pas qu'on tourne en ridicule les gens sans les connaître, et qu'on se permette à leur égard des insinuations purement gratuites.

— Mais cet intérêt....

— Mon Dieu ! laissons-là cet intérêt, je vous prie. Pourquoi voulez-vous, ajouta-t-il en s'échauffant, que je fasse la cour à cette jeune fille ? Je n'ai pas l'intention de me marier. Je me rends trop justice à moi-même pour ne pas reconnaître que je ne possède absolument aucune des grâces d'état requises pour faire un mari sérieux. J'ai toujours eu pour du mariage, et ce que je vois autour de moi ne m'engage pas trop à tenter l'aventure. Alors quoi ? Une séduction ? Hé bien ! je vous avouerai sans fausse humilité que j'en suis radicalement incapable. D'abord je n'admets pas qu'on profite de l'inexpérience, de la confiante naïveté d'une jeune fille pour lui voler son honneur. Cela, voyez-vous ? c'est pis qu'une serrure forcée ou un coffre-fort fracturé. On vole un homme, c'est bien ; il peut se refaire une fortune. Mais le déshonneur d'une jeune fille ne se répare pas. De la part de celui qui le cause, c'est une déloyauté, c'est une lâcheté ! C'est pis qu'un crime, c'est une infamie !

Et puis, à quoi bon ? Vous êtes un homme marié, vous, un homme sérieux, un homme rangé ; mais vous avez été garçon, et vous savez bien qu'une séduction est un luxe inutile. Est-ce que nous ne trouvons pas assez de bras ouverts ? d'honneurs compromis ? de places conquises, sans nous donner la peine et l'embarras d'un siège ? Moi ! faire la cour à cette jeune fille, allons donc ! Et pourquoi ? pour la torturer, la pauvre enfant ? Non pas. J'aime mieux la voir insouciante et gaie, comme elle l'est aujourd'hui. Elle a de l'esprit ; elle n'en aurait plus le jour où elle serait amoureuse. Pour me créer à moi-même mille ennuis, mille difficultés ? Pour m'engager peut-être dans une voie sans issue ? Serviteur ! J'aime mieux mon repos et le cœur d'Angelina.

Enfin, rien ne me prouve qu'elle finirait par m'aimer, moi, cette petite. Elle a beaucoup d'esprit, je vous le répète. Elle a aussi de la tête, de la volonté et du caractère. Une femme armée comme ça n'est pas déjà si facile à enflammer. En admettant que j'y réussisse, je me verrais fort embarrassé de la victoire. Et si je n'y réussissais pas, j'en serais pour mes frais de déclarations, de discours et de soupirs. Je suerais sang et eau pour ne recueillir que le ridicule ! Pas si bête !

— Y a-t-il longtemps que vous connaissez cette famille ?

— Huit jours à peine... Une connaissance de

hasard, de table d'hôte... Ce sont de braves gens...

— Riches?

— Je le crois; je n'en sais rien. Le père a autrefois fait des affaires dans le commerce des grains. J'ai entendu dire qu'il avait des propriétés en Bourgogne; mais, quant au chiffre exact de sa fortune, mon bon....

— Voulez-vous me faire le plaisir de me présenter?

William se retourna brusquement et, regardant son ami bien en face :

— Pourquoi faire? demanda-t-il.

— Allons! dit l'autre avec un sourire équivoque. Avouez que vous êtes jaloux.

William haussa les épaules.

— Voilà les hommes mariés, murmura-t-il.

Et, élevant la voix :

— Vous me croiriez jaloux; soit! Je vais vous présenter.

Ils étaient arrivés près de la loge de la famille Rabotteau.

— Mesdames, Monsieur, dit William en

ouvrant la porte, je vous présente M. le docteur Seyghine, un de mes amis.

Puis, s'adressant à Michel :

— Monsieur, Madame et Mademoiselle Rabotteau.

On se salua.

— Comment trouvez-vous Sarah Bernhardt, Mademoiselle ? demanda Michel avec cette aisance, cette espèce de grâce féminine qu'il apportait dans ses paroles et dans ses gestes.

— Admirable, Monsieur, répondit Claire d'un ton grave.

— Mais il y aurait des réserves à faire sur le jeu de Berton. Le drame lui-même a quelque chose d'aigu, de brutal, de violent, d'excessif. Ce que l'on ressent est de l'émotion à fleur de peau. Tout cela est plus près des nerfs que du cœur.

Le rideau se leva.

Alors, avec un salut gracieux, Michel prit congé de la famille Rabotteau et regagna rapidement sa loge. Mᵐᵉ Seyghine continuait son impertinent jeu de lorgnette.

— Ne les regarde donc pas comme cela, dit-il brièvement, à mi-voix.

— Pourquoi ?

— On ne peut pas savoir. Ce sont d'excellents provinciaux. Je me suis fait présenter par William.

— Bien.

Le quatrième acte de *Fédora* produisit sur Claire Rabotteau une impression, j'allais dire une sensation, presque douloureuse. Elle ne se joignit pas à l'explosion d'enthousiasme causée dans la salle par l'admirable jeu de Sarah ; elle ne battit pas des mains, comme à la fin du premier acte ; elle les passa rapidement sur sa figure, rejeta en arrière les folles mèches qui inondaient son front, et suivit en silence ses parents dans les escaliers qui conduisent au large couloir dallé du Casino.

La famille Rabotteau prit ses manteaux au vestiaire.

Comme Claire jetait sur ses épaules une élégante sortie de théâtre :

— Qu'avez-vous ? lui demanda William.

— Ah ! je n'en sais rien, répondit-elle avec une

nuance d'impatience. Cela fait mal, ce spectacle-
là ! Je n'irai plus voir jouer des drames.

On sortit et, comme la nuit était tiède, on
prit lentement le chemin de l'hôtel.

Il y avait, derrière le Casino, en face de
l'entrée des artistes, une voiture découverte
attelée de deux chevaux, qui attendait.

Une foule s'était assemblée autour de cette
voiture, et formait la haie sur le passage que
devait suivre Sarah Bernhardt, au sortir du
théâtre. La porte, toute large ouverte, laissait
voir l'escalier des coulisses éclairé par une
lampe fumeuse que les courants d'air faisaient
vaciller.

De temps en temps, les marches craquaient
sous des pas, et l'on voyait apparaître la tête
hérissée d'un machiniste ou le casque luisant
d'un pompier. Un à un, le personnel des
ouvriers quittait les coulisses ; puis, ce fut le
tour des artistes, des comparses, devrions-nous
dire ; car l'étoile ne peut souffrir la pensée, le
soupçon d'une éclipse. Sarah se faisait attendre ;
mais les groupes étaient patients. Seul, un
homme, tout près de la porte, suivait anxieuse-

ment les allées et venues du personnel dans le couloir. Sa haute silhouette agitée le fit remarquer de William Davis.

— Eh ! mais, s'écria-t-il, c'est l'illustrissime docteur Asparagus. Que peut-il faire ici ? Approchons.

Un instant après, dans l'escalier, une dame, fort élégante, le visage ombragé par un chapeau à bords très-avancés, le corps frileusement enveloppé d'une pelisse, s'avança d'un pas rapide. M. Asparagus se précipita. Il ouvrit la portière de la voiture et, présentant la main à Sarah Bernhardt pour lui aider à monter :

— Madame, dit-il avec un profond salut, maintenant que j'ai entendu la plus grande artiste du monde, et que j'ai eu l'honneur de lui adresser la parole, je puis mourir ; tous mes vœux sont comblés.

— Espérons que vous n'en mourrez pas, Monsieur, répondit la tragédienne, en sautant lestement dans la calèche. Je vous remercie ; vous êtes vraiment trop aimable.

Pendant ce temps, la foule criait : Vive Sarah ! Ce fut une petite ovation après la grande.

Et Sarah Bernhardt souriante :

— Nous ne sommes plus chez les Cosaques.

— Mais dans le pays des fétiches, murmura William Davis. J'étais sûr que M. Asparagus ferait parler de lui en cette circonstance.

Le cocher fouetta les chevaux, et la voiture, prenant par la rue Cunin-Gridaine, disparut rapidement dans la direction du Nouvel Hôtel.

La célèbre artiste, arrivée ce même jour par le train de cinq heures de l'après-midi, devait repartir le lendemain matin par celui de huit heures cinquante.

II

Ce n'est point par caprice que William Davis avait hésité à présenter Michel Seyghine à la famille Rabotteau.

En somme, il connaissait peu le jeune Russe. Il l'avait rencontré à Nice, dans les cercles de cette société cosmopolite qui fréquente les villes d'eaux et les stations d'hiver. Michel lui témoigna tout de suite une amitié empressée que l'Américain, avec son flegme, avec cette nonchalance qu'il tenait de son éducation et de son genre de vie, ne repoussa point, sans la payer précisément de retour. Bientôt même

il se laissa entraîner, vis-à-vis de Michel et à
son exemple, à une certaine familiarité de
langage et de manières ; mais on peut dire que
dans cette liaison il ne mit rien de son cœur,
rien de son estime. Il ne voyait guère Michel
qu'au théâtre et dans deux ou trois salons
connus pour leur facilité à s'ouvrir devant
n'importe qui ; il ne connaissait rien de sa vie
passée, pas grand'chose de sa situation présente ;
il savait seulement que Michel affichait le titre
de docteur, mais il ne lui voyait pas de clientèle, et ne le trouvait guère occupé à s'en créer
une. Il flairait dans cette existence errante
quelque chose d'irrégulier, d'anormal, de
louche même ; mais il était trop insouciant
pour chercher à en approfondir le mystère.

Michel Seyghine — ou plutôt Nicolas Nasinoff,
car Michel Seyghine n'était qu'un nom d'em-
prunt — était un jeune homme d'une trentaine
d'années, russe d'origine. Fils d'un pope, il
avait étudié à l'Université de Kiew, dans le but
d'exercer plus tard la médecine ; mais, d'une
nature inconstante et incapable d'efforts persé-
vérants, il avait bientôt abandonné l'étude pour

se jeter à corps perdu dans le nihilisme. Il se
fit remarquer des autres conspirateurs, sinon
pour son ardeur, du moins par la souplesse
d'un esprit délié qui n'était jamais à court de
moyens. Brave au besoin, il était l'âme d'un
groupe d'étudiants qui, pendant longtemps, se
joua de tous les filets tendus par la police de
Kiew. Ce groupe prit une part active aux
complots qui amenèrent enfin la mort du tzar
Alexandre.

Nicolas Nasinoff, dénoncé, fut surpris avec
ses compagnons et n'échappa que par miracle
aux mains de la police russe. Traqué comme
une bête fauve, il s'échappa au travers du
steppe, passa en Galicie à la faveur d'un dégui-
sement, après mille obstacles et mille dangers,
et se trouva jeté sur une terre étrangère, sans
argent, sans crédit, sans ressources.

Il gagna péniblement, à pied, la ville de
Pesth, où une troupe dramatique française
donnait alors des représentations. Nicolas parlait français comme savent le faire les Russes
de distinction, c'est-à-dire très-correctement,
avec un léger accent qui n'est pas sans charme.

Il se présenta au directeur de la troupe qui, tout de suite, reconnut en lui de réelles qualités de comédien, et l'engagea. C'est en artiste dramatique que Michel parcourut les grandes villes de la Hongrie, de l'Autriche, du Tyrol et de la Dalmatie. Il eut même, comme tel, des succès dont les journaux autrichiens se sont faits l'écho ; mais il avait soin de cacher son véritable nom et ses antécédents, par crainte de la police russe dont la main s'étend si facilement au-delà des frontières.

Il passa ensuite en Italie, toujours avec la même troupe. Il joua successivement à Milan, à Turin, à Florence, à Rome. Ce fut dans cette dernière ville qu'il fit la connaissance d'une jeune artiste d'un théâtre italien, fille d'une cantatrice qui avait eu son heure de réputation en France, comédienne par naissance, comme il était, lui, comédien par nécessité. Une liaison étroite ne tarda pas à s'établir entre les deux jeunes gens, et Nina abandonna ses succès de beauté et sa réputation naissante pour s'attacher à Nicolas Nasinoff.

Nous avons dit que le fond du caractère de

Nicolas était l'inconstance. Il se dégoûta vite du théâtre : il lui semblait que ses talents de comédien devaient, sur une autre scène, donner des résultats bien autrement appréciables au point de vue pécuniaire ; il se croyait appelé à jouer d'autres rôles que ceux où il s'incarnait pour le plaisir de la galerie. Pour tout dire en un mot, il voulait être un histrion sérieux. L'impresario fit de vains efforts pour le retenir, Nicolas maintint sa démission. A vrai dire, il était convaincu d'avoir trouvé en Nina la femme qu'il lui fallait pour assurer le succès de ses projets.

Nina avait vingt-deux ans quand elle fit la rencontre de l'étudiant russe. C'était une de ces beautés italiennes devant lesquelles hésitent le pinceau du peintre ou la plume de l'écrivain, parce qu'il semble que la palette manque de couleurs, comme les langues humaines, d'expressions pour en rendre la splendeur. Sa peau brune avait des tons chauds d'un incomparable éclat. Ses cheveux, lorsqu'elle les dénouait le soir avant de paraître en scène, tombaient en ondes frémissantes, superbes dans leur déploiement comme un manteau de reine, jusqu'à ses genoux !

Le nez était fin, droit, merveilleusement dessiné. Les yeux, noirs, avaient ordinairement quelque chose de dur ; mais le regard prenait, à volonté, une expression caressante, voluptueuse, pleine de langueur et de passion. Ce qu'elle avait d'irrésistible, c'était la bouche, grande, avec des lèvres rouges comme du sang. Ces lèvres-là communiquaient, à les voir, une impression charnelle violente et soudaine. On croyait sentir la morsure de leurs baisers. Ce qu'on éprouvait était une ardeur sensuelle allumée instantanément dans les veines, et que la raison n'avait pas le temps de maîtriser. Il se dégageait positivement de cette femme des effluves assez puissantes pour occasionner une folie momentanée.

Elle formait un contraste frappant avec Nasinoff, blond, élancé, à la moustache fine et soignée, aux élégantes mèches frisées sur le front, à la grâce un peu mièvre. La nature plantureuse et forte de l'actrice italienne s'était attachée à la nature lymphatique et maniérée de l'étudiant russe par la puissance de la loi des contrastes. Depuis le premier jour, elle l'aima follement. Nasinoff, lui, aima Nina comme il savait aimer, avec plus de raffinement que d'ardeur, et sans se laisser griser par cette beauté capiteuse. Mais il sut tout de suite apprécier la fascination des beaux yeux et des lèvres rouges de l'Italienne. Il eut bientôt fait de savoir également qu'il n'avait à craindre de sa part ni une trahison, ni un oubli, ni une défaillance. Dès lors, son plan fut vite arrêté.

Il jeta aux défroques son nom de théâtre, comme il avait fait de celui de son père ; il résolut de reprendre sa nationalité, et de parcourir les villes d'eaux sous le nom de docteur Michel Seyghine ; il donna celui de Madame Seyghine à Nina.

C'est ainsi que nous les trouvons installés à Vichy dans une confortable villa de la Promenade du Parc. Rien de charmant comme la situation de cette résidence, d'où la vue embrasse des horizons de verdure d'une douceur infinie ; rien de coquet, de luxueux et de raffiné comme l'installation.

Le lendemain de la soirée où nous avons rencontré au théâtre Michel Seyghine, et malgré l'heure matinale, Madame avait au salon, avec une de ses amies, nommée Francesca, une conversation très-animée.

— Ç'a été une scène, répétait Francesca, une scène qui a menacé de finir par des voies de fait. J'en suis encore toute tremblante, ma chère. Il a jeté à la face de la compagnie les injures les plus sanglantes ; il nous a traités de filous, d'escrocs, de chevaliers d'industrie ; que sais-je ?

— C'est un homme bien mal élevé, observa Nina, demi-railleuse.

— Heureusement il n'y avait plus personne dans le grand salon ; ces dames nous avaient quittés ; nos invités également. Il ne restait que deux habitués. C'est égal ! Ç'a été un scandale ! Ah ! ma chère, je ne suis pas rassurée du tout.

— Pourquoi ?

— Mais parce qu'il est sorti furieux en nous menaçant d'une dénonciation. Et tu comprends, ma pauvre Nina, une descente de police...

— Une violation de domicile? C'est grave, ça, mon enfant.

— Oui, mais s'il y a des plaintes?

— Il n'y en aura pas.

— Cependant le général...

— Oh! le général fera comme les autres. C'est toujours la même histoire, ma pauvre Francesca. On crie, on tempête, on menace, on s'en va furieux... et on revient le lendemain... Mais, ma chère enfant, pour dénoncer les autres, il faudrait commencer par se dénoncer soi-même; et c'est ce qu'on ne veut pas faire. Ah! tu crois, comme ça, bonnement, que le général, en sortant de chez toi, est allé frapper à la porte du bureau de police? Il aurait fallu décliner ses noms, qualités, dignités, etc. Un général! Y penses-tu? Il aurait fallu dire le pourquoi et le comment de toute l'aventure... Il aurait été obligé d'expliquer sa présence chez toi, à telle heure de la nuit; or, tu sais mieux que personne ce qu'il vient y faire. Et le général a sa femme à Vichy, Francesca! Il y a sa fille!... Il restera en repos, je te le garantis. Ses menaces sont l'effet de l'exaspération. Il avait donc perdu beaucoup d'argent ?

— Il paraît. Je ne sais pas au juste. On a parlé d'une dizaine de mille francs.

— Qui jouait contre lui ?

— Flavio.

— Le maladroit ! On lui avait pourtant bien recommandé la prudence. Crois-tu que le général ait surpris ?...

— Non, je ne crois pas.

— Qu'est-ce qui te le fait supposer ?

— L'aplomb de M. Potence.

— Ah ! il était là ?... Et qu'a-t-il dit, Monsieur Potence ?

— Oh ! il a été superbe. Quand le général s'est levé, jetant les cartes et frappant du poing sur la table, M. Potence a pris un air de dignité outragée qui m'aurait bien amusée dans un autre moment : « Monsieur ! pour qui nous prenez-vous ? Apprenez, Monsieur, qu'il n'y a ici que d'honnêtes gens... Des preuves ! voyons, des preuves ! Si vous êtes malheureux au jeu, personne n'est obligé de supporter les accès de votre mauvaise humeur. » Hé bien ! à cette espèce de mise en demeure, le général a riposté par un redoublement de violence, mais sans préciser aucun grief.

— Bon !... Qui était l'autre habitué ?

— Monsieur Ménégot, l'ancien chocolatier.

— Le bègue ?

— Oui.

— Il ne pourra pas dire grand'chose alors, fit observer Mme Seyghine, gouailleuse ! Et quelle a été son attitude pendant la discussion ?

— Il ne s'en est pas mêlé. Il a pris son chapeau et a suivi le général.

— Se sont-ils parlé, dehors ?

— Je n'en sais rien. J'ai fait fermer la porte et me suis retirée dans ma chambre. J'en avais assez, tu penses, d'une scène pareille... Dieu ! j'en ai été malade toute la nuit... Et tu ne crains pas une dénonciation anonyme ?

— D'abord une dénonciation anonyme ne rencontrerait au bureau de police ni attention ni créance. Ensuite, c'est toujours une lâcheté, cela, et le général en est incapable.

— Mais l'autre ?

— L'autre... Je n'en sais rien. A-t-il joué, hier soir ?

— Oui, mais il a gagné.

— Hé bien ! alors, de quoi se plaindrait-il ?

— C'est qu'on n'est jamais tout-à-fait rassuré. Et je compte sur toi, ma chère Nina, je compte sur tes beaux yeux, sur ton sourire... tu souris si délicieusement quand tu veux... pour raccommoder cette vilaine affaire.

— Soit ! je ferai de mon mieux... Mais, une autre fois, au nom du ciel, soyez un peu moins maladroits !

— Dame ! ce n'est pas ma faute, déclara la petite Francesca en prenant les mains de son amie. Enfin, tu me rassures... Et puis, ajouta-t-elle en baissant la voix comme dans un confessionnal, j'ai acheté ce matin deux gros cierges que je fais brûler devant l'autel de la Madone, pour qu'il ne nous arrive pas malheur.

Nina sourit et se leva pour reconduire son amie :

— Sois tranquille, lui dit-elle en l'embrassant, je te ramènerai le général.

— Quand ?

— Ce soir, j'espère.

En ce moment, Michel rentrait. Ce jeune sybarite aimait à se lever de bonne heure. Les fatigues des plus longues soirées le laissaient alerte de corps et d'esprit. Depuis son séjour à Vichy, il avait l'habitude d'aller, dans la fraîcheur du matin, faire une promenade à travers le Parc. Les reproches de sa conscience ne lui pesaient guère, à ce qu'il paraît ; car nul ne jouissait plus que lui de la beauté de ces matinées, empourprées par le soleil levant, qui empruntent à l'heureuse situation de Vichy tant de charme et de poésie. Il prenait ordinairement par les quais de la rivière, toute grise de brumes, qu'il suivait jusqu'au pont. Là, il s'accoudait sur le parapet et jouissait en silence d'un spectacle splendide.

Sous les arches du pont, la rivière fuyait, en dégageant une longue traînée de vapeurs blanches qui baignaient ses rives et se répandaient en nappes demi-transparentes. Ces nappes s'étendaient à perte de vue dans la direction de l'Allier. Il en sortait comme des flots de verdure qui s'étageaient sur les côtes et prenaient une forme plus nette à mesure qu'ils se dégageaient de ces fumées matinales.

Au loin, vers le Sud, s'élevait la masse confuse des collines du Forez, dont le pied baignait dans le brouillard. Ici, le village de Vesse, éveillé à la première lueur de l'aube, s'agitait. Là, la masse sombre du Nouveau Parc formait comme un abri au sein duquel Vichy reposait encore. Bientôt les collines de Vesse, le bouquet de bois qui les couronne, la route de Gannat qui monte, droite et blanche, comme un trait à la craie, les maisons de campagne qui s'étagent sur les hauteurs, au milieu des pelouses, à droite et à gauche de cette route : tout cela s'empourprait des rayons qui arrivaient de l'astre radieux, en ligne directe, par-dessus les cimes du parc. La lumière, répandue à flots, mettait en fuite les ombres flottantes du matin, et jetait sur le paysage la magie de ses couleurs. Des éclairs traversaient l'espace : c'était le scintillement du clocher de Vesse, renvoyant à la nature le salut qui lui venait du ciel, jetant de loin sa note joyeuse et vibrante. En même temps que les horizons

s'éclairaient, que les collines s'allumaient, que
le paysage resplendissait, des bruits se faisaient
entendre, d'abord confus, presque timides, puis
de plus en plus distincts : la voix lointaine du
chien qui aboie en faisant sortir les troupeaux
des étables; le roulement d'une charette ébran-
lant le pont ; le piétinement des chevaux
conduits à l'abreuvoir par les chemins de
hallage ; des cris d'hommes, des chants de
jeunes garçons, des gazouillements de fillettes
descendant, le pied leste, l'œil éveillé, des
collines avoisinantes pour apporter leurs pa-
niers à la ville. Des laitières, en chapeau
bourbonnais à larges rubans de velours, arrivaient, portant sur la tête leur cruche pleine.
D'autres conduisaient des voitures à âne,
assises sur le devant, leurs grands pots de
fer blanc rangés derrière elles. Des bruits
retentissants de sabots campagnards envahissaient le pont...

Ce spectacle allait à l'âme de Seyghine,
imprégnée du parfum et de la poésie des
steppes de l'Ukraine, où il avait passé ses
années d'enfance. Il avait toujours aimé la

nature et ses spectacles grandioses. Chez lui,
la perversion du cœur avait respecté les
richesses d'une imagination presque pastorale.
Etrange contraste, qui prouve jusqu'à quel
point l'homme est un être complexe, et combien
il est difficile de le sonder !

Seyghine, en traversant le parc pour rentrer
chez lui, avait cueilli dans un massif de rosiers
deux belles roses rouges, tout humides, qu'il
apportait à Nina.

— Que te voulait Francesca, de si bonne
heure ? demanda-t-il à l'Italienne en l'embrassant.

— Mon Dieu ! rien... pas grand'chose... Tu
la connais, n'est-ce pas ? L'ombre d'un moineau
lui donne la fièvre.

— Mais qu'est-ce que tu as toi-même ?

— Moi ?

Et Nina voulut sourire, se donner un air
dégagé, secouer toute apparence d'inquiétude ;
mais elle n'y réussissait pas. Les appréhensions
de Francesca l'avaient gagnée, et, malgré tout,
elle était plus troublée qu'elle ne voulait le
laisser paraître.

— Hé bien ! écoute, et dis-moi si cela vaut la peine de s'en préoccuper. Le général s'est fâché hier soir... Il est parti en proférant des menaces... Et voilà ce qui a empêché cette pauvre Francesca de dormir.

— Hein ? s'écria Michel en se levant d'un bond d'une bergère où voluptueusement il s'était étendu au retour de sa promenade. Est-ce qu'il aurait surpris ?...

— Rien ; des soupçons, voilà tout.

Et Nina raconta au Slave ce qu'elle venait d'apprendre de la bouche de Francesca, les frayeurs de la jeune femme, et enfin la promesse qu'elle avait faite d'apaiser le général.

Michel, un moment très ému, avait repris peu à peu son air de nonchalance insouciante et gouailleuse. Il sourit aux dernières paroles de Nina, et lui dit de sa voix traînante :

— Ça, ma petite chatte, c'est ton affaire, et je suis sans inquiétude sur le résultat.

— Tu n'es pas un peu jaloux, dis ? lui demanda l'Italienne en venant, par un mouvement félin plein d'une adorable câlinerie, se pelotonner sur ses genoux.

— Oh ! j'ai confiance en toi, déclara sérieusement Michel. Et ses doigts effilés caressaient l'admirable chevelure brune de Nina.

— Tu as raison, répondit sur le même ton l'Italienne. Pas un de ces hommes qui m'ont fait tant de déclarations brûlantes, pas un seul, entends-tu, excepté toi, mon Micaelo, ne peut se vanter d'avoir effleuré de ses lèvres les miennes.

— Et c'est parce que j'ai confiance en toi que je veux te présenter un nouvel adorateur... un homme mûr que je crois très jeune, et qui se prêtera merveilleusement à nos petites combinaisons.

— Ah ! fit Nina intriguée. Son nom, s'il vous plaît, Monsieur le diplomate ?

— Rabotteau.

— Rabotteau... tout simplement ? tout court ?

Elle faisait une moue adorablement dédaigneuse.

— Ma chère enfant, depuis que j'ai mis entre tes petites griffes roses — et il lui baisa l'extrémité des doigts — quelques personnages titrés et blasonnés, tu fais fi de la roture. Par le temps

de démocratie qui court, tu as tort. Rappelle-
toi le mot de Sieyès, un grand homme de la
Révolution : Qu'est-ce que le Tiers-État? Rien.
— Que doit-il être ? Tout. Et il est devenu
tout. Les titres, les blasons, les armoiries !
Clinquant, que tout cela. Que tu es bien
Italienne ! Tu crois que c'est dans les poches
des gentilshommes qu'il faut chercher pour
trouver les gros porte-monnaie ? Les gros
porte-monnaie, vois-tu ? mon enfant, sont dans
la poche de ces braves gens qui ont vendu
beaucoup de savon ou fabriqué beaucoup de
boutons dans leur vie. Ils ont de grosses mains,
de grosses couleurs, un gros nez, mais un
portefeuille bien garni... et une ignorance
précieuse. Que deviendrions-nous sans la bonne
et candide roture ? Elle y va, comme elle
conclut un traité sur les denrées coloniales,
carrément. La trappe n'a qu'à retomber ; la
souris est toujours dans la souricière. Tandis
qu'avec tes gentilshommes musqués, on n'est
jamais sûr de rien. Des roués qu'on croit rouler
et qui vous roulent, dont on pipe la bourse et
qui n'ont pas le sou ! Tiens, il y en a un der-

nièrement qui m'a emprunté cinq cents louis
pour payer une dette de jeu, et qui est parti
avec l'argent, laissant la dette.

— Depuis quand connais-tu ce monsieur...
comment l'appelles-tu, déjà ?

— Rabotteau. Depuis hier. C'est l'homme à
la loge d'en face, tu sais bien ; ce respectable
chef de famille auquel je me suis fait présenter par Davis.

— Cette espèce de sanglier à la hure grise...
à la face rouge... au nez qui fait ça ?

Et, par un mouvement comique, Nina tordait
l'extrémité de son joli nez, de façon à lui im-
primer la direction du ciel.

— Oh ! dit en riant Michel, je sais qu'il n'est
pas beau. C'est tant pis pour toi, ma pauvre
Nina ; mais je sais aussi qu'il est calé, et c'est
tant mieux pour nous. Quant à sa... naïveté, je
te la garantis.

— Pourquoi ?

— Parce que ça se voit. Rabotteau s'entend
peut-être à merveille à fondre du suif ; mais il
ne sait rien des choses du monde... de notre
monde surtout. Un peu d'expérience lui fera

du bien; c'est un service que nous lui rendrons, à cet excellent homme. Ou je me trompe fort, ou il est à nous. Rappelle-toi, ma chère Nina, que l'occasion est chauve, à l'encontre de M. Rabotteau. Il faut serrer les doigts pendant qu'on l'a sous la main. Autrement, serviteur ! elle glisse. Or, ce serait dommage.

— Et quand te proposes-tu de me présenter ton Rabotteau ?

— Mais, à la première circonstance favorable. Et les circonstances, tu sais... Sa femme est malade, et je suis médecin.

— Oh ! si peu !

— Personne n'a encore cherché à prouver le contraire. En tout cas, mon enfant, le hasard est grand, nous pouvons essayer d'être son prophète.

III

Ce même jour, à déjeuner, William Davis proposa aux baigneurs de l'hôtel Mazarin une partie d'ânes à la Montagne-Verte.

Il fit, à ce propos, un discours drôlatique, qui enleva le vote.

Des plaisants crièrent : Hip ! hip ! hurrah ! pour William Davis !

A quoi Davis riposta par l'adage français : Qui m'aime me suive !

Or, il faut croire que beaucoup de personnes l'aimaient, car beaucoup se présentèrent pour le suivre.

Toute la partie valide de l'hôtel se fit inscrire sur les tablettes où William, en qualité de *leader*, recueillait les noms.

Il se fit autour de lui un cercle empressé, joyeux, bruyant, qui offrait un peu le coup d'œil d'un groupe de voyageurs montant, un jour de fête, à l'assaut d'un omnibus.

William distribuait les numéros :

— Qui veut le numéro onze ?

— Moi, répondit une voix flûtée.

— Qui, vous ?

— Zéphyrin Nuageux.

— Le poète ! Très bien. Au numéro douze, maintenant. Nous n'en sommes encore qu'à la douzaine. A qui le numéro douze ?

— A moi. Gabriel Autrejacque, célibataire.

— Inutile de décliner les qualités. Qui veut le treize ?

Silence profond sur toute la ligne, suivi d'un grand éclat de rire.

— Vous avez peur de mourir dans l'année ? Je suis le représentant d'une Compagnie d'Assurance qui garantit les gens contre les risques des nombres et des signes cabalistiques. Moyennant une prime de rien, on rembourse la vie. Voyons, à qui le treize?

— A moi, dit un petit bossu qui s'était faufilé dans le groupe, et qui agita son chapeau pour être aperçu. Etienne Lovelace, le mal nommé.

Ce bossu, comme tous les bossus du monde, avait de l'esprit.

De cette façon, William Davis, toujours criant, inscrivant toujours, arriva jusqu'au chiffre vingt-trois. Cela devait former une caravane monstre et, si le proverbe est vrai, on était assez de fous pour pouvoir se promettre de rire énormément. La pauvre Madame Rabotteau avait été vainement sollicitée par sa fille et par son mari de se faire inscrire sur la liste joyeuse; elle répondit, avec son sourire doux, qu'elle ferait trop triste figure dans la bande et se sentait trop fatiguée pour tenter une excursion de ce genre. Elle allégua la nécessité de boire exactement à sa source. Elle ne voulut pas se laisser décider. Et, comme Claire craignait qu'elle ne s'ennuyât de sa solitude :

Je prendrai Madame Jarreton, dit-elle; nous irons ensemble à la source. Va, ma chère petite, et amuse-toi bien.

William fut député par la société pour la location des ânes qu'on craignait de ne pas trouver assez nombreux sur la place publique. Il s'adjoignit M. Rabotteau, dont Claire prit le bras, et Zéphyrin Nuageux, le poète. Tous, de compagnie, se dirigèrent vers la place de la Mairie en criant à la société, groupée devant la porte de l'hôtel : A tout à l'heure !

C'est, en effet, sur la place de la Mairie que stationnent, pendant la saison, dans l'attente des excursionnistes, tous les ânes de la localité. Il y avait autrefois deux écuries rivales, dont les hostilités sont restées célèbres; mais depuis peu, une fusion s'est opérée; la concurrence a disparu au profit d'un monopole. Hâtons-nous d'ajouter que la nouvelle Compagnie tient à honneur de n'offrir au public que des ânes superbes; elle a fait des acquisitions de bêtes et de matériel, qui mettent hors de pair la collection vers laquelle William et ses compagnons

s'avançaient, comme des gens qui marchent à
une *razzia*.

Juste, comme ils débattaient les prix, M. et
Mme Seyghine, débouchant du parc, parurent à
un coin de la place.

Ils s'avancèrent en souriant.

Après un salut aimable à l'adresse de Rabotteau et de sa fille :

— Vous êtes devenu maquignon? dit, en
plaisantant, Michel à William Davis.

— Pas précisément, répondit le jeune homme.
J'ai été chargé, avec ces Messieurs, par la
société de l'hôtel, non d'acheter, mais de louer
des ânes. Si vous êtes connaisseur, mon bon,
un conseil de votre part sera le bienvenu.

— Comment donc ! repartit Seyghine, toujours souriant et sans prendre garde à la pointe
malicieuse dirigée contre lui. Si j'avais à
choisir deux bêtes, une pour Madame Seyghine
et une pour moi, voilà celles que je prendrais.

Et il s'avança pour caresser de la main deux
grisons qui étaient, en effet, la fleur de l'écurie.

— Prenez-les, Monsieur, s'écria Rabotteau.
Si vous pouvez disposer de votre après-midi,

l'honneur de votre société nous sera on ne peut plus agréable. Les amis de nos amis sont nos amis.

— J'accepte avec empressement, Monsieur, pour Madame Seyghine et pour moi, dit Michel, votre offre gracieuse ; nous sommes absolument libres de notre journée, et c'est avec un grand plaisir que nous nous joindrons à votre caravane.

William ne dit rien, mais se demanda s'il n'avait pas eu tort de présenter le Russe à la famille Rabotteau.

Du reste, il n'eut pas le temps de s'arrêter à cette réflexion : la société de l'hôtel attendait ; il se hâta de conclure le marché, invita ses compagnons à se mettre en selle, et enfourcha lui-même un Pégase à longues oreilles, non sans avoir loué, avec les bêtes, deux jeunes drôles, âniers de leur état, qui lui avaient fait leurs offres de service.

C'est dans cet équipage, tous montés, et le reste des roussins trottant à leur suite, qu'ils reparurent devant leurs camarades d'excursion.

On les accueillit par des applaudissements et des cris de joie.

Chacun fut invité à choisir sa bête. Mais il est d'usage, quand une mission se met en route, de rédiger un état du personnel, en y ajoutant une note sur les animaux et les bagages. Par mesure d'ordre et de clarté, nous allons suivre la même marche, en donnant à chaque explorateur, comme l'avait fait William Davis, son numéro d'inscription :

1° William Davis, Américain, sans profession, *leader*, montant Rococo, grison de sept ans, plein de vices et borgne de l'œil gauche.

2° Simon Rabotteau, rentier, personnage connu, montant Foudre-de-Guerre, pur sang très vif.

3° Claire Rabotteau, fille du précédent, — sur Bucéphale, vainqueur du Grand Prix de Vichy aux dernières courses.

4° Elise Paranquin, amie de la précédente, fillette de dix-sept ans, blonde, éveillée comme un pinson, — sur Miss Jenny, autre favorite du turf.

5º Marguerite-Sophie Paranquin, très respectable dame, exagérant les proportions de la
plastique plantureuse, — sur Oiseau-Mouche.
Pauvre Oiseau-Mouche !

6º Jean-Joseph Bouteiller, négociant en
denrées coloniales, œil vif, teint coloré, très
bien avec Rabotteau, auquel il donne des leçons
de billard, — sur Aquilon.

7º Marguerite-Reine Barillou, jeune veuve de
vingt-quatre ans, brune, avec de jolies dents et
un plus joli sourire, — sur Roussette.

8º Louise Fourneron, vieille fille, sèche,
pincée, l'ennemie sourde, mais intime de la
précédente, — sur La Grise.

9º Charles Pérékidis, roumain, moustache au
vent, œil bleu, carrure solide, — sur Marguiller.

10º Benitez de la Praga, espagnol, grand,
grave, tête coulée en bronze, — sur Pichenette.

11º Zéphyrin Nuageux, poëte: mince, blond,
une voix de petite flûte, — sur La Parisienne.

12º Gabriel Autrejacque, célibataire. Un
original. Discuteur, ergoteur, paradoxal. Au
physique, long comme une gaule qui se termi-

nerait par une tête en buis. Se donne le genre
de mépriser les femmes, — sur Pluton.

13º Etienne Lovelace, laid, bossu, spirituel
et gai, — sur Flandrin.

14º Christine-Eugénie Babet, petite, boulotte,
ramassée : une pelotte, — sur Proserpine.

15º Euphrasie Gazetteau, l'*alter ego* de la
précédente. Dans sa sous-préfecture, on l'appelle
Madame « Porte-en-Ville », — sur La Schlague.

16º Félicien Gazetteau, rentier, mari d'Euphrasie, — sur Estafette.

17º Théodore Piplin, manufacturier, un
bourru bon enfant, qui jure comme un bra-
connier et qui ne ferait pas de mal à un
vermisseau, — sur La Boiteuse.

18º Marceline Piplin, sa femme, grasse,
fraîche, reposée ; aime les cadeaux, les bonbons,
les oiseaux et les dentelles, — sur Dur-à-Cuire.

19º Berthe Piplin, leur fille, une gamine de
treize ans qui rêvasse déjà au clair de la lune, —
sur Biribi.

20º Angèle Clapottard, amie de la précédente,
confiée aux bons soins de la famille Piplin par
un père rhumatisant et une mère dyspeptique.

Figure anguleuse, gestes cassés; quinze ans, — sur La Gueuse.

21° Aristide-Néponucème Cardidier, dit Don Quichotte. Tête d'ancien maréchal-des-logis de gendarmerie, bras immenses, jambes interminables. Sentiments chevaleresques à l'égard du beau sexe, — sur la Bassotte.

22° Adrien Sardis, l'homme rond en affaires, beau parleur, content de lui-même, — sur Rosine.

23° Numa Cardaillac, commis-voyageur, tombeur de curés et de gouvernements, électeur influent à Labourde-les-Muids, — sur Bagnolet.

24° Michel Scyghine, Russe, docteur *in partibus*, — sur Javotte.

25° Nina Scyghine, Italienne, ex-actrice restée comédienne, — sur Piaffard.

Par file à gauche, cria William, en avant, marche !

Et la caravane défila.

C'est toujours quelque chose de tintamaresque qu'un défilé de ce genre, à travers les rues pleines de monde, et sous la pluie de quolibets qui ne manque jamais de le saluer au passage.

William, l'Espagnol et le Roumain ne bronchaient pas ; Christine Babet et Euphrasie Gazetteau riaient comme de petites folles ; Autrejacque ripostait aux plaisanteries des passants, et ce fut dans les conditions de gaieté les plus satisfaisantes que l'expédition se trouva hors de la ville, sur la route de la Montagne-Verte.

— Mes amis, cria Rabotteau, qui se sentait bien monté, un temps de galop.

Quelques voix protestèrent ; mais ces réclamations isolées se perdirent dans le tourbillon de la course.

Les pur-sang prirent aussitôt la tête, suivis, à des intervalles inégaux, de leurs camarades, que leur exemple enlevait.

Ce fut une galopade effrénée.

Les gamins piquaient de leurs bâtons les bêtes paresseuses ou fourbues qui se laissaient distancer. Toutes ces montures secouaient de leur trot inégal et saccadé les amazones éperdues, dont quelques-unes jetaient des cris de détresse, tandis que d'autres riaient aux éclats. Louise Fourneron criait que c'était une infamie. Christine Babet cassa le manche de son ombrelle sur le dos de l'ânier qui s'obstinait, malgré sa défense, à rouer de coups Proserpine attardée. Mais la plus malheureuse était cette pauvre Madame Paranquin. Oiseau-Mouche, piqué d'une noble émulation, avait carrément emboîté le pas à Bucéphale, qui le précédait. Madame Paranquin, emportée dans un galop furieux et peu habituée à ces exercices de voltige, essaya d'abord de modérer l'ardeur de sa monture. Elle s'y prit à coups de bâton. Oiseau-Mouche redoubla de vitesse, et la pauvre grosse dame, dont les chairs débordantes tressautaient comme une gelée qu'on agite, aussi rouge qu'un homard, suant sang et eau, se mit à pousser des cris si perçants qu'Oiseau-Mouche prit peur. Il se cabra. Pour le coup, Madame Paranquin se crut désarçonnée et s'abandonna juste à temps pour tomber dans les bras de Cardidier qui accourait.

Au même instant, la monture de William, virant de front, barrait la route; de sorte que Dur-à-Cuire, à toute bride, la tête baissée, le cou tendu, se précipita sur lui. Madame Piplin jeta un cri d'effroi ; mais William était ferme sur ses étriers : il soutint le choc, et fut assez heureux pour retenir en selle Marceline, qui en fut quitte pour la peur.

On s'arrêta, non sans peine. Madame Gazetteau avait perdu sa toque qui roulait sur elle-même dans la poussière. Ce fut Cardaillac qui la lui rapporta, en accompagnant sa galanterie d'un compliment. Ce petit accident, dit-il, lui avait permis d'admirer « la plus zolie chevelure qu'il eût zamais vue ». En effet, les nattes brunes d'Euphrasie, dénouées dans la course, tombaient en désordre sur ses épaules. Elle les ramena et, en un tour de main, tout en remerciant Cardaillac, elle les rattacha.

On avait ainsi franchi au galop les ponts du Sichon, celui du chemin de fer, et l'on était en vue du cimetière de Vichy. Ce fut sur la route plate, avant de commencer l'assaut de la hauteur, que la colonne se reforma.

Rabotteau fut vertement tancé par toutes ces dames, qui le traitèrent carrément de casse-cou. Mᵐᵉ Paranquin, surtout, était furieuse ;

elle le bombarda d'épigrammes pendant une partie de la promenade.

Claire caressait sa bête :

— J'aime les ânes, moi, dit-elle à Etienne Lovelace, dont la monture trottinait près de la sienne. N'est-ce pas, Monsieur, que ce sont de bonnes et douces bêtes ? Quand je les vois battre par une main de femme, cela me fait de la peine ; et à vous ?

— Oh ! moi, Mademoiselle, il est tout naturel que je les aime. La nature n'a pas été plus tendre pour les ânes que pour les bossus. Ce sont des déshérités, eux aussi, et de notre communauté de malheur vient ma sympathie.

— Mais il y a compensation. Elle vous a donné de l'esprit ; elle leur a donné la patience et la frugalité. Aimez-vous les chevaux, vous, Monsieur Lovelace ?

— Les chevaux ? non, Mademoiselle.

— Tiens, c'est comme moi, alors. Je trouve qu'on devrait dire : Bête comme un cheval. Un cheval se cabre devant l'ombre d'un oiseau. Il fuirait devant un lièvre. Encore une réputation usurpée.

— Ah ! prenez garde, Mademoiselle, s'écria William, vous allez contre Buffon ; vous allez contre le sport ; vous allez contre toute l'Angleterre. Le cheval est plus sacré pour l'Europe civilisée que le bœuf Apis, les oignons et les crocodiles pour la superstitieuse Égypte.

— Justement. C'est cet engouement que je trouve injuste. Je parie qu'il y a encore ici deux Messieurs au moins qui partagent mon avis : Monsieur Autrejacque et Monsieur Nuageux. Je ne parle pas des femmes : leur cœur leur fait toujours prendre parti pour le pauvre déshérité.

— Voulez-vous que je recueille les suffrages ?

— Je veux bien.

En ce moment, une violente discussion politique éclatait entre Cardidier et Cardaillac.

Le premier affichait des opinions résolument conservatrices ; le second en tenait pour le radicalisme à outrance. Cardidier et Cardaillac près l'un de l'autre, c'était une allumette à côté d'un tas de paille : le feu prenait tout seul. Il venait de prendre, et avec quelle violence, il suffisait, pour s'en rendre compte, d'écouter à

3

quel diapason était monté l'organe de Numa Cardaillac.

De toutes parts s'élevèrent des protestations énergiques contre la politique. La jolie petite Barillou se mit entre les deux ennemis, tandis que Louise Fourneron, toute scandalisée d'une pareille effronterie, faisait part à Mme Paranquin de sa vertueuse indignation.

Benitez de la Praga, toujours grave comme il convient à un hidalgo, s'entretenait avec Pérékidis d'un commencement d'hypertrophie du foie, qu'il soignait à Vichy.

Zéphyrin Nuageux, à la poursuite d'un sonnet ou d'un madrigal, oubliait de diriger sa bête qui fourrageait parmi les chardons du chemin.

Madame Seyghine s'était rapprochée de Rabotteau.

—Quelle délicieuse promenade je vous dois ! mon cher Monsieur, lui dit-elle de sa voix la plus musicale et avec son plus charmant sourire.

Elle le regardait, d'un œil chargé d'étincelles.

Rabotteau se sentit tout remué, tout émotionné. Le pauvre homme aurait bien voulu trouver un compliment pour répondre, avec esprit, à son interlocutrice ; mais il était trop novice en pareille matière, et trop surpris. Il balbutia quelques paroles, non sans éprouver, intérieurement, une violente irritation contre lui-même pour sa stupidité.

Sans avoir l'air de s'apercevoir de son trouble, Mme Seyghine mit la conversation sur le chapitre du panorama qui commençait à se dérouler aux yeux des excursionnistes.

— C'est très beau !... très beau !... répétait de temps en temps le brave homme. S'il eût voulu être franc, il eût avoué que la beauté de Mme Seyghine lui causait une impression autrement vive que celle du paysage.

Tout-à-coup Nuageux, accourant au trot de son âne, présenta à Claire un petit morceau de papier plié en quatre. Claire l'ouvrit et lut, à haute voix, ce qui suit :

MON SUFFRAGE

Lorsque, de tes lèvres vermeilles,
Tombe l'éloge d'un grison,
Vrai ! l'on voudrait voir ses oreilles
Grandir, et sentir le bâton.

On donnerait son âme au diable
Pour mériter un peu du bien
Que tu dis, beauté charitable,
Des bêtes à manger du foin.

Quand tu recevras ce poème,
Oh ! puisse ton bon petit cœur
Crier : « C'est un âne, je l'aime ! »
En parlant de l'heureux auteur !

— Bravo ! le poète, bravo ! cria toute la caravane.

La route, presque droite, rôtie par le soleil, croise celle de Cusset à Saint-Germain, au coin d'une maison ornée d'une plaque qui indique le nom du village, un nom ridicule : Pinasson. Puis elle s'engage sous des noyers, au pied d'une colline, et arrive, en biaisant, jusqu'à un hameau dont la situation est fraîche et pittoresque, malgré l'aspect misérable des chaumières. Seule, sur la place publique, une maison blanchie à la chaux montre son buisson de genièvre aux paysans assoiffés. C'est là qu'il y a le dimanche, en temps d'élections, de larges libations et des discussions politiques à perte de vue ; car tous les hameaux et les deux ou trois villages dont se compose la commune de Creuzier-le-Vieux descendent alors aux *Gui-*

nards. Ce fourmillement de blouses neuves groupées devant la porte ou sur les trois marches d'escalier qui donnent accès dans la salle est un signe certain d'agitation électorale. Là se discute, se fait, se défait et se refait le Conseil municipal de l'endroit.

Au coin de cette maison, les ânes tournèrent brusquement à droite, pour suivre un mauvais chemin qui rejoint, plus haut, la route des voitures. Leur allure montrait assez qu'on approchait du but. Au reste, le voisinage de la Montagne-Verte se manifestait par la multiplicité des indications manuscrites que l'on rencontrait à chaque pas. On suivit une espèce d'avenue rustique bordée de noyers, et, quelques minutes après, un bâtiment bas, blanchi à la chaux, apparut à travers les troncs grisâtres des arbres. On était à la Montagne-Verte.

Ce bâtiment était l'écurie où, pendant la visite de l'établissement, on abrite les équipages, ânes ou chevaux des touristes. Les murs portent une inscription pompeuse où se trouvent énumérées, en style *sui generis*, toutes les merveilles qui « composent le panorama de la Montagne-Verte ».

La barrière en bois qui donne accès au parc était ouverte ; mais il y a, sur la droite, une guérite, ornée d'un guichet, qui porte cet avertissement : *Prix d'entrée : 1 franc par personne.* Une jeune fille, accourue, attendait en silence que chacun s'exécutât.

Pendant que les petits âniers faisaient entrer leurs bêtes à l'écurie, toute la compagnie se mit à grimper l'allée raide et étroite, bordée de maigres arbustes, qui conduit à la partie supérieure de l'établissement. Là, la propriété s'élargit un peu. On y trouve des charmilles, des ombrages, des bancs, des tables, des jeux rustiques ; puis la buvette et le belvédère. Un homme entre deux âges, à la peau tannée par l'air et le soleil, espèce de paysan madré en veston de velours, accourut, son chapeau à la main, pour faire ses offres de service :

— Si ces Messieurs et ces Dames veulent monter au belvédère...

— Nous sommes venus pour ça, répondit William ; seulement je crois que nous serons obligés de procéder par fournées. Votre plate-forme n'est pas assez large pour nous contenir tous à la fois ?

— Oh ! non, M'sieu, répondit le paysan.

— Hé bien, Mesdames, dit galamment William, à vous l'honneur. Suivez Monsieur qui va vous faire voir des merveilles.

Ces dames s'engagèrent dans l'escalier étroit du belvédère, à la suite de leur guide.

En arrivant sur la plate-forme, elles eurent comme un éblouissement. Le soleil d'août incendiait la campagne, et la vibration des reverbérations arrivait à ce point élevé par ondes ardentes qui blessaient la rétine. Vivement, ces dames s'abritèrent sous leurs ombrelles, et se mirent à détailler le coup d'œil qui se déroulait au-dessous d'elles.

Le panorama de la Montagne-Verte est un de ceux qui laissent dans l'âme une impression douce. N'y cherchez pas les grandes lignes des paysages alpestres : il embrasse un horizon assez vaste, mais sans brusques accidents du sol, sans déchirures, sans rien de tourmenté ni

de grandiose. Tout y est harmonie de lignes et
grâce riante. Les plans fuient les uns derrière
les autres, se dégradant dans la brume du
lointain, jusqu'aux montagnes bleues qui se
découpent sur le ciel pâle de l'horizon, avec
une douceur de tons qui chante le poème de la
nature riche et heureuse. Rien de heurté, rien
de saillant, rien de puissamment irrégulier
dans ce tableau ; mais des couleurs qui se
fondent, des lignes qui ondulent, des bois qui
s'étagent doucement, des villages que la fantaisie d'un peintre semble avoir semés dans
le paysage pour lui donner de la vie ; une
rivière qui étincelle, comme un ruban d'argent,
dans la fauve bordure de son lit de sable ; au
pied de la hauteur, la ville thermale, Vichy,
aux constructions élégantes et aux luxuriantes
frondaisons ; une autre, Cusset, dans un creux,
entre trois collines, plus ramassée et plus noire ;
entre ces deux villes, une fraîche vallée où
coule un ruisseau, le Sichon : partout des notes
gaies, quelque chose de doux à l'œil, de riant
à la pensée, de calme et de reposé.

Ce caractère est du reste un peu celui de

tous les environs de Vichy. De quelque côté qu'on se place pour regarder le tableau, il se montre toujours sous ce même aspect : on y trouve des notes de plus ou des notes de moins ; des détails apparaissent ou disparaissent suivant qu'on examine le tableau dans un sens ou dans un autre ; mais les couleurs ne changent pas et se présentent toujours au regard avec leur même grâce et leur même variété.

Du haut de son belvédère, l'homme au veston de velours détaillait la vue, à l'aide d'un télescope qu'il faisait tourner sur pivot, l'arrêtant juste sur le point qu'il voulait désigner, sans avoir besoin de mettre l'œil à la lunette.

— Voici, disait-il, Vichy avec ses parcs, ses églises, son Établissement, son Casino, sa vieille tour. Vous pouvez vous y promener comme si vous y étiez, reconnaître votre hôtel, votre fenêtre et vos amis sur les balcons. Lisez les enseignes, regardez la devanture des magasins... Voyez, Mesdames, voyez.

Les dames, l'une après l'autre, regardèrent Vichy dans la lunette.

— Maintenant, ajouta l'homme en faisant obliquer le télescope un peu vers la gauche, nous sommes à Cusset. On aperçoit l'heure à l'horloge de la chapelle de l'Hôpital. Vous voyez ce qui reste des grands platanes de la promenade renversés par le cyclône — il enflait sa voix sur ce mot-là — du 21 février 1879. Vous découvrez l'église, l'Établissement thermal et hydrothérapique, la halle, la brasserie, et une vieille tour ronde qui sert de prison.

Tournez encore un peu à gauche. Nous voici au Casino des Justices, où jadis on pendait les criminels. De cette hauteur, nous dominons les gorges de l'Ardoisière et des Malavaux. Plus loin, là-bas, dans la montagne, voyez-vous ce rocher qui se dresse, dans la brume, comme un fantôme? C'est le Roc Saint-Vincent, où les sorcières célébraient leur sabbat... Plus loin encore, c'est le Montoncelle, le point le plus élevé de la Montagne Bourbonnaise.

Il récitait tout cela tantôt d'une voix monotone et lente, tantôt d'un ton emphatique, comme une leçon répétée tous les jours.

Ramenant alors l'instrument vers la droite :

— Ici, dit-il, vous apercevez la côte Saint-Amand ; puis, près de cette montagne noire, couronnée de sapins, le fameux château de Bourbon-Busset, avec ses jardins et ses dépendances... Nous voici dans la vallée de l'Allier ; voyez Abrest, Saint-Yorre, Rys, point de jonction de l'Allier et de la Dore.

Franchissons le pont de Rys, derrière lequel ondule la Limagne, et nous arrivons à Maulmont, dont les tourelles carrées dominent la cime des bois. Voici le château de Randan, propriété princière appartenant à la famille royale d'Orléans ; puis, toujours à droite, une masse de villages sous bois, Saint-Rémy, Saint-Didier, Escurolles, Saint-Bonnet. Là-bas est Gannat. Et, dans son voisinage, le château de Chantelle, celui d'Effiat, qui appartint au fameux Cinq-Mars, et celui de Veauce. A cette place que vous apercevez, se dressait jadis la somptueuse résidence de Nades, propriété du duc de Morny, détruite, il y a quelques années, par un incendie. Là s'élève la ville de Clermont — la Gergovia de Jules César — et le

majestueux Puy-de-Dôme. Enfin, à l'horizon,
voyez ce pic neigeux perdu dans les nuages.
C'est le fameux Sancy, au pied duquel se trouve
le village thermal du Mont-Dore.

Je pourrais vous indiquer bien d'autres
points remarquables, et vous citer encore...

— Votre inscription, fit observer Mme Paranquin, mentionne la cathédrale de Bourges.

— Malheureusement, Madame, l'horizon est
trop brumeux, et la cathédrale de Bourges n'est
pas visible aujourd'hui. Mais, si vous désirez...

— Merci ; c'est très beau. Nous allons céder
la place à ces Messieurs.

Les dames descendirent. Comme elles arrivaient en bas de l'escalier, une violente
discussion éclatait dans le jardin : on entendait
la voix irritée et l'accent gascon de Cardaillac
qui avait recommencé avec Néponucème Cardidier, sous une charmille, une discussion
politique :

— Zé vous dis, mon bon, criait le voyageur,
que vous êtes un fossile. Ah ! qué vous méri-
tériez bien le retour d'un rézime où l'on

fouettait les zens sur la placé publique... Ils né veulent pas avancer, vos ménistres ; hé hé ! qu'ils sautent !

Autrejacque se précipita dans le bosquet où les deux adversaires, l'œil allumé, semblaient près de se prendre aux cheveux. Toute la compagnie, hommes et dames, le suivit :

— On a mis un impôt sur les allumettes, s'écria Autrejacque, on en a proposé un sur les chapeaux hauts de forme, un autre sur les serins. Si j'étais législateur, il y a beau temps que j'en aurais fait voter un sur les discussions politiques. Nous sommes ici pour nous amuser. Si nous nous occupons des ministres et de ce qu'ils font, tout est perdu. Je propose donc de frapper d'une amende de cinq louis le premier d'entre nous qui prononcera seulement le mot de gouvernement. Tant pis pour lui ! tant mieux pour les autres ; car, avec les amendes, nous arroserons de champagne notre dîner.

— Bravo ! adopté à l'unanimité, crièrent ces Messieurs.

— Nous dînons donc ici ? demanda Piplin.

— Parbleu ! répondit William... à moins que ces dames...

Mais ces dames furent unanimes à déclarer qu'elles adoraient les dîners champêtres.

— Vous entendez, brave homme, dit William en se tournant vers le restaurateur. Des écrevisses et votre meilleure piquette, n'est-ce pas?... Maintenant, Messieurs, à notre tour de faire comme madame Marlborough. Venez-vous, monsieur Rabotteau? A quoi songez-vous donc ?

Pendant qu'à leur tour, William Davis et ses compagnons faisaient tourner la lunette, sous la direction de l'homme au veston, qui avait recommencé sa litanie, ces dames se répandirent dans le jardin.

Claire et Elise Paranquin, d'une part ; Berthe Piplin et Angèle Clapottard, de l'autre, s'emparèrent des balançoires.

Claire, les cheveux dénoués, son joli minois rouge comme une cerise, ses yeux gris pétillants de plaisir, était dans tout l'entrain de la partie, quand ces Messieurs reparurent.

— Allons! allons! plus vite que ça, criait-elle à cette pauvre Elise qui, attelée à l'escarpolette, faisait de vains efforts pour la satisfaire.

Michel Seyghine prit la corde, tandis que William, l'imitant, s'approchait de la balançoire des deux autres jeunes filles.

Adrien Sardis s'enfonça dans une allée en compagnie de Reine Barillou, plus jolie et plus souriante que jamais. Nuageux, voyant Claire plus occupée de sa balançoire que de lui, disparut dans un bosquet pour pouvoir, à l'aise, « taquiner la muse » comme disait Autrejacque. Mlle Fourneron s'empara de Sophie Paranquin, qu'elle remit sur le chapitre de cette effrontée de Barillou.

Plusieurs de ces Messieurs se firent apporter de la bière sous les ombrages, et une grande partie de tonneau, rappelant le match international de Vignaux et de Slosson, s'engagea entre Bouteiller et Félicien Gazetteau.

— Avez-vous vu cet autre côté de la montagne, Monsieur Rabotteau? demanda Nina en s'approchant de l'ancien marchand de céréales.

— Non, Madame.

— Hé bien, c'est charmant. Venez voir.

Elle lui prit le bras, et lentement se dirigea
avec lui vers une charmille formant terrasse
d'où l'on avait une vue moins étendue, mais
tout aussi riante que de l'autre côté de la
colline.

Michel Seyghino avait eu du flair en jetant
son dévolu sur Rabotteau. En le livrant à Nina,
il savait quelles ardeurs les beaux yeux et la
bouche sensuelle de l'Italienne allaient allumer
dans son sang. Et telle était l'œuvre de séduction que Mᵐᵉ Seyghino accomplissait en ce
moment sous la charmille de la Montagne-
Verte.

Ils étaient près l'un de l'autre, les yeux dans
les yeux, causant presque à voix basse, lui,
interdit et troublé; elle, lui versant l'ivresse,
lui soufflant le vertige. Ils ne s'entretenaient
pourtant que de choses banales; de longs
silences succédaient à de courtes phrases. Mais
ces silences mêmes étaient plus troublants que
le reste...

Ils demeurèrent ainsi pendant près de vingt
minutes, accoudés au parapet de la terrasse,

regardant la vallée, écoutant machinalement les bruits du jardin... Avait-elle besoin de paroles, la charmeuse, pour faire monter à ce cerveau un flot de folie?. . . . .

. . . .

. . . .

Quand Nina ramena lentement Rabotteau vers les balançoires où ces demoiselles continuaient à prendre leurs ébats, le pauvre homme tombait littéralement de la lune. Son ahurissement était complet. Un moins novice eût pris les choses d'une autre façon; mais la séduction le trouvait, lui, sans armes et sans expérience. Le sang lui affluait aux tempes; il lui semblait que la terre tournait.

L'étrange expression de sa physionomie frappa William, qui n'avait pas été sans remarquer le manége de Nina.

— Ah! ça, se dit-il, que lui veut-elle?

Il s'aperçut aussi bientôt de l'empressement de Michel près de Claire, que la compagnie du Slave semblait amuser beaucoup. Il en éprouva un sentiment qu'il ne voulut pas d'abord s'avouer à lui-même.

— Eh ! que m'importe ! dit-il, avec un mouvement d'humeur. Puis, réfléchissant :

— Tout cela n'est pas naturel. Madame fait la coquette près du père, et Monsieur, l'aimable près de la fille. Ils ont leur plan.

Certaines histoires auxquelles le nom de Seyghine s'était trouvé mêlé lui revinrent alors en mémoire.

— Si c'était vrai, pourtant ! murmura-t-il.

Mais déjà Nina était près de lui :

— Voyons, Monsieur William, dit-elle de sa voix musicale, vous qui avez la responsabilité de l'expédition, allez-vous laisser mourir de faim les voyageurs ?

— C'est moi qui ai faim ! s'écria Claire en sautant de sa balançoire. Ah ! Dieu ! ce que ça donne d'appétit, cet exercice aérien ! Et l'air vif de la montagne, donc !

Juste en ce moment, le restaurateur parut pour demander où il fallait mettre le couvert.

Tout le monde cria : Sous les arbres.

On rapprocha des tables, on apporta des sièges : ce fut l'affaire d'un tour de main.

Seul, Zéphyrin Nuageux rêvait encore dans son bocage. Il accourut à l'appel de la sonnette, et eut la satisfaction d'être reçu par une bordée de plaisanteries. Mais, bien qu'il appartînt au *genus irritabile*, les quolibets glissaient sur son épiderme. Il s'assit tranquillement entre Claire et Madame Gazetteau.

Le dîner eut toute la liberté, tout l'entrain d'un repas campagnard.

Autrejacque taquinait le restaurateur :

— Vous nous avez promis des écrevisses de la Meuse ; il nous en faut.

— Bien, M'sieu !

Quand les écrevisses parurent :

— Mais ce sont des écrevisses du Sichon, que vous nous apportez là ! s'écria Autrejacque.

— Je vous assure, M'sieu, affirma le pauvre diable, qu'elles ont été pêchées à Meuse même.

Toute la compagnie éclata de rire, et l'homme au veston s'enfuit dans sa cuisine.

L'air vif de la montagne avait aiguisé l'appétit des convives, et l'on était encore au dessert quand le soleil, enveloppé des vapeurs rouges du soir, disparut tout-à-coup derrière un des

pies du massif auvergnat. Mais Autrejacque
s'écria qu'il avait des bougies. En effet, avant
son départ et par mesure de précaution, il avait
dévalisé l'Épicerie Parisienne.

— Nous ferons dans Vichy, s'écria-t-il, une
rentrée solennelle aux flambeaux !

— Pourvu que ma mère ne soit pas inquiète,
pensa la jeune fille.

Deux convives cependant n'avaient pris
qu'une part relative à la gaieté du repas :
Rabotteau, que les morceaux étouffaient, et
William, qu'agaçait visiblement l'empressement
de Michel près de Claire.

L'irritation de l'Américain augmenta encore
pendant le retour. Seyghine ne quitta pas
Claire d'une semelle ; il continua près d'elle
à se montrer prévenant, aimable, plein d'un
enjouement qu'elle partageait avec toute la
franchise de sa nature expansive. Ces préoccupations de William lui firent perdre son entrain,
si bien que Madame Babet lui dit :

— Ah ! ça, mais, qu'avez-vous donc, Monsieur Davis ? Vous avez l'air d'un conspirateur.

Ce fut Autrejacque qui prit la tête de ligne pour la rentrée en ville.

Nous avons dit plus haut qu'il avait fait une provision de bougies et de lanternes vénitiennes. Il y avait même ajouté une douzaine de mirlitons qu'il distribua à ses camarades d'excursion, pour joindre la musique à la parade, pendant le défilé.

Avant de s'engager dans la rue de Ballore, il rallia les attardés, parmi lesquels se trouvait naturellement Zéphyrin Nuageux, et suspendit ses lanternes aux cannes de ces messieurs, aux ombrelles de ces dames.

Puis il se mit en tête de la colonne, en entonnant sur son mirliton un air de *Madame Angot*.

Le refrain fut repris en chœur par la bande joyeuse.

C'est ainsi qu'on rentra dans Vichy.

La nuit était tombée : il y avait dans les rues et sur les bancs, devant les hôtels, une foule considérable sortie pour respirer l'air frais du soir ; de sorte que, sur tout son parcours, le cortège défila entre une double haie de curieux.

Les mirlitons attiraient, de plus, les gens aux fenêtres. Plusieurs dames agitèrent leurs mouchoirs. On cria : Vive l'analcade !

Elle avait quelque chose de charivarique, cette procession qui s'avançait dans la nuit, à travers la danse des lumières, les éclats de rire des cavaliers et le brouhaha de la foule. Des gamins accourus lui eurent bientôt fait une escorte ; d'autres flambeaux s'allumèrent et se joignirent aux lanternes de l'excursion.

Le jeu des lumières agitées donnait aux visages des formes, des expressions carnavalesques. En tête, Autrejacque, rayonnant, jouissait de son invention.

On arriva enfin aux portes de l'hôtel où les malades, un peu inquiets, attendaient. Il y eut même, à propos de l'heure avancée, quelques tendres reproches que les coupables firent cesser en disant : Nous nous sommes tant amusés ! Il fut conclu, séance tenante, qu'on recommencerait l'excursion, cette fois avec tout le monde ; qu'on porterait, au besoin, les malades plutôt que de les laisser à l'hôtel . . . . .
. . . .
. . . .

Quand Michel et Nina s'approchèrent de Davis pour lui serrer la main, en lui souhaitant le bonsoir, ils le trouvèrent plus que froid. Tous deux le remarquèrent.

— Qu'a donc Monsieur Davis? demanda Nina.

— Parbleu! répondit Michel, il n'en veut pas convenir. Mais il est amoureux de la petite Claire.

Puis, baissant la voix :

— Hé bien, et Rabotteau?

— Tu avais raison, c'est un collégien que ce bonhomme-là.

— Dame! ma petite, on se pique d'être physionomiste. Il t'a fait une déclaration?

— Lui! il est bien trop bête pour ça.

— Mais alors?...

— Oh! ça n'empêche rien. Au contraire!

IV

Le lendemain matin, Rabotteau, revenu de ses émotions de la veille, avait un air don-juanesque et des allures entreprenantes qui attestaient chez lui des intentions de conquête.

Il n'était pas beau, nous l'avons dit, et n'avait pas été gâté par les compliments des jolies femmes. Les attentions de Nina l'avaient donc surpris ; mais il était homme, et quel est l'homme en qui ne fermente pas un levain d'amour-propre ? Pourquoi Nina l'aurait-elle distingué, si elle n'avait pas découvert en sa personne quelque chose d'aimable ? En somme

il avait cinquante-deux ans, rien de plus vrai ;
mais il n'était pas chauve, comme tant d'autres ;
il avait de vives couleurs qui attestaient une
santé robuste ; il se sentait dans le cœur un
volcan, et il était capable d'aimer tout aussi
bien qu'un autre. La vanité avait pris le dessus
sur la timidité.

Pourtant, la pensée de Seyghine le gênait. Il
croyait Nina mariée. Et parfois il se demandait
s'il n'était pas le jouet d'une illusion, si son
amour-propre ne le trompait pas. Mais alors
l'expression des regards de l'Italienne, se retraçant à sa mémoire, incendiait son cerveau.

Il ne se dit pas qu'on avait pu avoir un but
caché ; il n'eut pas la pensée de se tenir sur ses
gardes. Il n'était déjà plus assez maître de lui-
même pour raisonner. Ce qui se dégageait du
désordre des sentiments auxquels il était en
proie, c'était un désir insensé de revoir Nina.

Voilà dans quelles dispositions nous le trouvons, debout devant sa glace, en train de se
faire soigneusement la barbe. Il passa, ce jour-
là, un temps inusité à sa toilette : il peigna
longuement sa chevelure hirsute, à laquelle il

s'efforça de donner un pli d'élégance ; il con-
sacra un soin tout particulier à son nœud de
cravate qu'il négligeait, d'ordinaire, beaucoup.

Il finit même par trouver, à force de s'exa-
miner, que Nina pouvait avoir eu quelque
raison de remarquer sa personne, et qu'il en
valait bien un autre. Cette réflexion mentale
fut accompagnée d'un sourire empreint d'une
certaine fatuité, que Claire surprit, en entrant
dans sa chambre, avec une légèreté joyeuse
d'oiseau échappé.

— Bonjour, père. Comme tu es beau, ce
matin ! Tu as l'air radieux. La promenade
d'hier, pas vrai, dis ?

Rabotteau eut un soubresaut. Etait-ce une
allusion malicieuse... ? Mais Claire continua
avec sa volubilité d'enfant gâté :

— Oh ! dis, petit père, qu'on s'amuse là-haut!
C'est charmant, toute cette verdure, et puis
c'est grandiose ! comme dit M. Nuageux... Oh !
mais, tu as une mine, ce matin... Regarde-toi
donc dans la glace. Je ne t'ai jamais vu si beau!
Sais-tu que je suis fière d'avoir un jeune papa
comme toi ? On te donnerait vingt-cinq ans.

Rabotteau riait :

— Est-elle enfant ! Quelle gamine !

— Mais non, petit père, je ne plaisante pas. Le grand air, vois-tu ? Moi aussi, ça m'a donné des couleurs. Regarde comme je suis fraîche et rose ce matin... Embrasse-moi donc.

Rabotteau prit dans ses mains la tête blonde de la charmante enfant qui, avec une expression câline, ajouta :

— Seulement, la prochaine fois, nous emmènerons maman. Elle ne veut pas le dire, mais elle a été inquiète. Tu sais jusqu'à quel point elle pousse la sensibilité... Veux-tu, père, que nous fassions un tour au concert en allant boire ? Il fait si beau ce matin !

— Mais certainement, ma chérie ; va dire à la mère que je l'attends en bas. Va.

Il faisait, en effet, ce matin-là, un soleil splendide. Sous les platanes du parc, des coulées lumineuses dessinaient sur le sable des mosaïques mouvantes du plus admirable effet. Une poussière d'or étincelait dans ces rayons furtifs. Au loin, l'orchestre préludait au concert, et l'on entendait, à travers le vague bruit de la foule, le grincement des violons, les notes isolées des instruments qu'on essayait.

Tout-à-coup un flot sonore, éveillant les échos, inonda le parc. L'orchestre avait entamé son premier morceau.

Aussitôt la foule se dirigea de toutes parts vers le square des concerts. L'état du ciel avait engagé un grand nombre de baigneurs et de baigneuses à quitter l'hôtel ; de sorte qu'au moment où la famille Rabotteau entra dans le square, la plupart des chaises étaient déjà occupées.

L'orchestre avait attaqué une valse de Métra qu'il rendait avec sa *maestria* ordinaire. Claire aimait passionnément la musique ; elle était assez bonne musicienne elle-même pour apprécier les mérites d'une exécution comme celle-là, et en jouir. Mme Rabotteau était heureuse du plaisir de sa fille, et Simon se délectait du coup d'œil que présentait le square.

Une lumière douce, tamisée par les platanes, tombait sur les têtes et les épaules des auditeurs qui formaient autour du kiosque sept ou huit rangs serrés, laissant à peine aux prome-

neurs, derrière les chaises, un espace suffisant
pour circuler librement. Il y avait là une gaie
et vive échappée de toilettes claires. Les pelisses
elles-mêmes, si en faveur pour les sorties
matinales, avaient été mises de côté. On s'em-
pressait de profiter de cette radieuse matinée,
après une succession de journées maussades.

Déjà le collant était en pleine déconfiture :
les poufs s'accentuaient, les tournures s'enflaient
démesurément. On signalait l'apparition de
demi-crinolines qui, toutefois, n'osaient encore
s'aventurer sur le devant de la jupe. Mais
l'invasion paraissait prochaine, imminente ; et
à ce propos, un chroniqueur avait poussé, dans
le *Papillon de Vichy*, ce cri d'alarme : La
crinoline, voilà l'ennemi !

Parmi les toilettes, généralement simples,
quoique de nuances vives et gaies, quelques
costumes éclatants jetaient leur note criarde.
Mme Potence était en rouge cardinal.

Simon Rabotteau et sa fille reconnurent
plusieurs des personnes sur lesquelles William,
l'avant-veille, au théâtre, leur avait donné une
courte notice ; entre autres l'illustrissime doc-

teur Asparagus qui, au premier rang, battait la
mesure du bout de sa canne ; Mme Froufrou,
flanquée de l'inévitable comtesse Flavie, et
cette admirable fille de la blonde Albion, à
laquelle les suffrages unanimes décernaient en
ce moment, à Vichy, la palme de la beauté.
Elle était nonchalamment assise sur une chaise,
un volume sur ses genoux, les yeux à demi-clos,
dans un rayon de soleil qui faisait étinceler l'or
bruni de ses cheveux.

Ni Michel ni Mme Seyghine, que Simon
cherchait des yeux, ne parurent dans le
square.

Cependant l'orchestre avait exécuté, l'un
après l'autre, tous les morceaux du programme.
Il enleva, avec un irrésistible entraînement, un
quadrille final, *Souvenir de Naples;* et aussitôt
commença le mouvement de la foule vers les
sources.

Comme il faisait beau, la plupart des promeneurs, au lieu de pénétrer directement dans
l'Établissement, s'éparpillèrent parmi les étalages en plein air qui garnissent, pendant la
saison, les abords des Thermes.

Cette foire quotidienne est installée sur des
voitures à bras, dites *baladeuses*. On mesure
l'espace mis à la disposition de chaque marchand, et l'industriel, parqué là, s'arrange de
façon à tirer le meilleur parti possible de l'emplacement qui lui est concédé. De là, sur les
voitures à bras, un entassement, un véritable
fouillis de menus objets, dont la description
demanderait un volume. Fait-il beau, la foire
éclate : on assiste comme à un feu d'artifice de
boniments de toutes couleurs. Vient-il à pleu-
voir, tout cela plie bagage et disparaît en un
clin d'œil.

Les baladeuses sont roue à roue, coude à
coude : les unes plates et offrant une surface
unie d'objets rangés avec soin ; les autres
encombrées de bibelots qui s'étagent en pyra-
mides. Quelques-unes s'abritent sous des
espèces de tentes d'étoffes légères aux couleurs
voyantes ; la plupart n'ont d'autre abri que
l'épais feuillage des platanes de la place des
Thermes. Le marchand forain doit ressembler
à l'*expeditus miles* de Tite-Live : il importe
qu'à la moindre alerte, au moindre grain, le

camp puisse être levé, et les marchandises mises en lieu sûr. Donc, le bagage est aussi élémentaire que possible.

Chaque automne emmène et chaque printemps ramène la plus grande partie de ces commerçants en plein air : espèces d'hirondelles dont le ramage n'a rien de musical, j'en atteste les oreilles de tous ceux qui ont entendu leurs boniments. Deux ou trois possèdent un fausset qui domine le tumulte forain : celui-ci, dans un français mâtiné d'italien, offre au public un incomparable savon à détacher — il prononce « détasser »; — celui-là passe en revue toutes les inventions et découvertes modernes pour aboutir à vendre quinze sous une montre en cuivre avec sa chaîne. En voilà un qui crie : « des bibelots... des bibelots... des bibelots... » Et à l'entendre, il en vend des bibelots! Cet autre apprend au public qu'il se fait vingt mille livres de rente en donnant pour un sou des objets qui lui en coûtent deux. L'un fait sonner un timbre ; l'autre agite des grelots. A ce charivari se mêlent les cris des chiens perdus dans les groupes et dont on écrase une patte ;

le piaillement des oiseaux exotiques qui occupent
un coin de la place, les notes stridentes des
aras et des perroquets verts. C'est la confusion
des langues ; c'est la Tour de Babel !

Les promeneurs se faufilent entre les rangs
serrés des baladeuses. Cette exhibition publique
et gratuite qui ne manque jamais de curieux.
Les étalages ressemblent à ces chapeaux magiques des prestidigitateurs, d'où l'on fait
sortir tout ce qu'on veut : lunetterie, papeterie,
imagerie, coutellerie, bonneterie, lingerie,
broderie, rubannerie, ganterie, quincaillerie,
orfèvrerie, bijouterie, verrerie, vannerie. On y
vend des boutons de manchettes de tous les
systèmes, à bascule, à hélice, à virole. On y
vend des couteaux suédois dont la lame s'en-
lève, et des rasoirs magiques qui coupent les
cors sans douleur. On y vend de la mosaïque
qui vient d'Italie, des chapelets qui viennent
du Liban, des objets de piété en bois d'olivier
qui viennent de Jérusalem. On y vend des
images qui viennent d'Épinal et des oléogra-
phies qui viennent d'Allemagne. On y trouve
des appareils pour improviser une julienne,

pour enfiler les aiguilles sans y voir clair, pour faire d'un crayon une plume. Il y a là des colles extraordinaires pour les porcelaines cassées. Il y a des médailles antiques pour les numismates. Il y a des crayons qui dessinent tout seuls. Un bonhomme, avec un canif, sculpte des marrons durcis dont il fait des têtes humaines : têtes de moines, de soldats, de bédouins ; votre tête, si vous le désirez. Là, on apprend à faire de la dentelle, à dire la bonne aventure, à apprivoiser les serins, à perfectionner l'éducation des chiens et des ouistitis. Il n'est pas d'invention bizarre qui ne trouve dans cette foire sa vulgarisation. Et le boniment qui a pour but de la *lancer* éclate comme un son de trompette, dominant les rumeurs rivales dans cette tumultueuse mêlée de pas et de voix, se repercutant en échos sonores aux murs de l'Établissement, et faisant peu à peu former le cercle...

A l'angle des Thermes, d'une haute porte à cintre toujours ouverte, sort, à droite et à gauche de la galerie, une rumeur qui ressemble au mugissement de la grande mer. Là, dans

cette galerie, jaillissent trois des sources ther-
males qui font l'honneur et la fortune de Vichy.
Là s'engouffre, à l'heure du verre d'eau, une
foule affairée, impatiente, qui a hâte de se
mettre en règle avec les prescriptions du
médecin. Le *Puits Chomel* groupe devant lui
les gens dont la gorge ulcérée a besoin de
gargarismes. Autrefois, les pauvres diables
opéraient en public, ce qui montre l'humanité
souffrante dans de singulières attitudes ; enfin,
l'administration a pris pitié d'eux, et ils se
gargarisent maintenant derrière un *retiro*
métallique qui les dérobe aux yeux des passants.
La source de *Mesdames* verse dans sa vasque
rouge de fer un filet d'eau d'où se dégagent
des bulles de gaz : c'est la fontaine favorite des
jeunes buveuses. On y boit par genre. On y
boit aussi un peu quand le docteur, embarrassé
par la fantaisie d'un client bien portant, ne sait
trop à quelle source se vouer.

Mais c'est près de la *Grande-Grille* que se
pressent surtout et s'accumulent en rangs
serrés les malades. La Grande-Grille est la
source sérieuse. On peut juger du nombre des

gens qui s'adressent à elle par la quantité des verres accrochés dans son voisinage : verres blancs, verres de couleur, unis, gravés, craquelés, minuscules, lilliputiens, énormes, fluets ou rebondis, gradués ou non gradués, suspendus partout où un clou peut trouver place à portée de la main de la donneuse d'eau. Là, devant la table de marbre qui protège la source contre la poussée et l'envahissement des buveurs, comparaissent pêle-mêle, confondus dans une même foule, le rhumatisant, le dyspeptique, le diabétique, le goutteux, etc. Le vocabulaire médical fourmille de noms de maladies qui, directement ou non, de près ou de loin, relèvent des eaux de Vichy.

Quarante mille patients, d'après les listes des Étrangers, viennent annuellement demander la santé à ces sources fameuses. Il en arrive de tous les pays du monde. Il en vient de par delà les déserts, de par delà les océans ; les uns pleins d'espoir, les autres ayant déjà cessé d'espérer, venus aux sources par obéissance, pour donner satisfaction à leurs familles. On voit s'approcher de la Grande-Grille des figures

qu'on ne reconnaît plus quinze jours après,
tant le changement, pour ainsi dire, à vue, qui
s'est produit est extraordinaire. Des masques
jaunes, tirés, flétris, d'une maigreur effrayante,
reprennent les couleurs de la santé avec une
rapidité qui tient du prodige. De pauvres dys-
peptiques dont le visage portait la marque d'un
découragement profond et d'une langueur en
apparence incurable s'étonnent de voir leur
estomac reprendre ses fonctions, de sentir de
nouveau le sang circuler dans leurs veines, de
renaître, en un mot, à la vie. Ce que Vichy,
chaque année, guérit ou soulage de créatures
souffrantes n'est pas croyable. Ceux-là seuls
apprécient les eaux à leur valeur, qui en ont
éprouvé les bienfaits : on peut dire que Vichy
a ses visiteurs par affection, par reconnaissance, comme il a ses visiteurs par genre, et
aussi ses malades incorrigibles.

Parmi ces derniers se classent, au premier
rang, les gens qui abusent des eaux sans croire
aux dangers d'un tel excès. Au moment où
Rabotteau et sa famille s'approchaient des
sources, on relevait un homme qui venait de

s'affaisser tout-à-coup dans la galerie. Ce malheureux était venu d'Egypte pour boire à Vichy, sans frein et sans mesure. L'abus des eaux avait occasionné une congestion, et on l'emportait évanoui, dans un état très alarmant.

Près de lui, un Monsieur décoré, à longs favoris grisonnants, gesticulait, avec les signes de la plus violente irritation :

— Je le lui avais prédit, s'écriait-il ; vingt fois je l'avais menacé de ce qui lui arrive. Il buvait à toutes les sources, sans règle, en insensé... Le malheureux !...

C'était son médecin qui justement se trouvait alors dans l'Établissement, et qu'on était allé chercher en toute hâte.

Une foule énorme et houleuse, groupée autour du malade, s'écartait avec peine devant les porteurs et le médecin qui, agitant fébrilement les bras, jetait des cris de colère à l'adresse des importuns.

— Mais reculez donc, répétait-il ; vous voyez bien qu'il va mourir. Laissez circuler, que diable ! laissez circuler.

On se reculait ; puis instantanément, le cercle se reformait.

Enfin on emporta le moribond.

Rabotteau et sa fille auraient voulu épargner à la pauvre malade la vue de cette scène ; mais il était trop tard. Le cortège passa devant leurs yeux. Madame Rabotteau, très pâle, regarda le malade qu'on emportait lentement, toujours entouré d'une foule compacte, dans la direction de la source *Mesdames*.

— Un imprudent, murmura Simon en hochant la tête. Un malade qui aura voulu faire mieux que son médecin. Quel exemple pourtant que ces accidents-là !

— Avec de la prudence, au contraire, on guérit, ma chère mère, ajouta la jeune fille.

Madame Rabotteau, de son air résigné et triste, secoua la tête. Claire l'entraîna vers la source :

— Allons, bois, dit-elle ; tu vois que les docteurs ne veulent pas qu'on leur désobéisse et qu'on a tort de le faire. Seulement, toi, ce n'est pas en buvant trop que tu te rendras malade.

Madame Rabotteau sourit, et tendit son verre
à la donneuse d'eau.

Elle but une gorgée ; mais l'émotion qu'elle
venait d'éprouver avait réveillé sa sensibilité
nerveuse ; elle fut obligée de s'arrêter.

— Qu'as-tu ? Cela te fait mal ? demanda la
jeune fille d'un ton de vive anxiété.

— Non, ma fille chérie, ce n'est rien. Un peu
d'émotion. Cela passera. Seulement je désirerais... ne pas boire maintenant. L'air de cette
galerie me suffoque. Sortons un instant,
veux-tu ?

Elle quitta la source en s'appuyant au bras
de Rabotteau. Claire, les yeux fixés sur le
pâle visage de sa mère, épiait avec angoisse la
trace de ses souffrances. Deux larmes lui
piquaient la paupière, prêtes à s'échapper. Elle
pressait avec tendresse la main que sa mère
lui abandonnait, tandis que Madame Rabotteau,
voyant son inquiétude, cherchait à la rassurer
en lui souriant à travers sa pâleur.

Le père et la fille étaient si préoccupés de
l'état de la malade que ni l'un ni l'autre ne
s'aperçut d'abord de la présence de William

Davis. L'Américain venait, comme tous les matins, boire son verre d'eau, quand il vit Mme Rabotteau, toute défaite, au bras de son mari, et l'empressement de Claire, dont le visage trahissait les anxiétés.

Il s'approcha.

— Qu'y a-t-il donc ? demanda-t-il vivement, mais presque à voix basse, pour ne pas impressionner la malade.

— Rien, Monsieur William, vous êtes vraiment trop bon ! répondit Madame Rabotteau en s'efforçant encore de sourire. Ma fille est si prompte à s'alarmer ! Une scène m'a un peu émotionnée. Mais le grand air me fait du bien. Je me sens mieux. Merci.

Elle serra la main de l'Américain en signe d'affectueuse reconnaissance.

Comme elle reprenait ses sens, Rabotteau raconta au jeune homme, en quelques mots, la scène dont ils avaient été témoins. William, tout en écoutant, regardait Claire. Il était frappé de l'expression douloureuse qui avait envahi le visage ordinairement si enjoué de la jeune fille. Il y avait tant de tendresse inquiète dans

les regards qu'elle attachait sur sa mère que
l'Américain ne put s'empêcher d'en être ému.
Brave petit cœur ! murmura-t-il. Puis, à mi-
voix, à Rabotteau qui avait achevé son récit :

— Vous avez une fille aussi bonne que jolie,
Monsieur, dit-il gravement. Son cœur est à la
hauteur de son esprit. Mes félicitations.

— Je reçois avec orgueil celles qu'on
m'adresse au sujet de ma fille, Monsieur,
répondit Simon.

Il fallait reconduire la pauvre femme à
l'hôtel, et William s'offrit avec empressement
pour l'y accompagner ; mais Madame Rabotteau,
le remerciant, répéta qu'elle était tout-à-fait
bien, et le supplia d'aller boire son verre d'eau.
Il prit donc congé de ses amis.

Pourquoi William Davis oublia-t-il de boire
son verre d'eau, ce matin-là ?

Pourquoi, au lieu de se diriger vers la
source, s'engagea-t-il lentement sur le chemin
du Nouveau Parc ?

Pourquoi, arrivé là, rechercha-t-il les allées
les plus solitaires, fuyant les pas et les regards
des promeneurs ?

Pourquoi s'assit-il seul sur un banc, dans un coin écarté de la promenade ; et là, le front appuyé dans ses deux mains, tomba-t-il dans une rêverie profonde ?

Pourquoi ! C'est parce que William éprouvait le besoin de voir clair en lui-même. Il s'interrogeait donc ; il regardait dans son âme.

Et savez-vous ce qu'il y voyait, dans son âme ? ou plutôt ce qu'il voyait dans son cœur ?

Une ravissante image de jeune fille, qui lui apparaissait tantôt rieuse, tantôt émue, mais toujours délicieuse, avec une auréole de grâce, de beauté, de bonté. Cette tête charmante avait les traits d'une personne qu'il venait de quitter. Elle le regardait avec de grands yeux très doux. Elle entr'ouvrait les lèvres pour lui sourire... Et tout-à-coup son cœur, à lui, se gonflait. Quelque chose le serrait à la gorge. Un gros soupir, s'échappant de sa poitrine, venait expirer sur ses lèvres...

Ah ! ça, se demanda William, est-ce que ça serait sérieux ?

Il se leva, se secoua. Il passa ses mains sur son front comme un homme qui fait des efforts pour se tirer d'un rêve. Il se mit à marcher rapidement, regardant autour de lui les promeneurs, essayant de se distraire. Mais il n'avait pas fait cent pas qu'il s'arrêtait de nouveau, la tête penchée. Cette fois il était devant un massif de géraniums qui étendait sous ses yeux son manteau de pourpre ; mais il ne le voyait pas. Ce qu'il voyait, c'était encore l'image de tout à l'heure. C'était la même figure mutine, les mêmes boucles folles de cheveux dorés, les mêmes yeux, les mêmes lèvres, les mêmes grâces. C'était encore Claire qui lui souriait à travers ces fleurs.

Oui, pensa William, c'est sérieux décidément.

L'Amour va vite. C'est pour cela que les anciens lui donnaient des ailes. Ils en faisaient aussi un tout petit dieu, pour exprimer qu'il se niche partout, et qu'on peut fort bien le trouver sous la feuille de chou des enfants. William Davis, lui, l'avait rencontré, sans s'en douter, sous sa serviette de table d'hôte.

Très sincèrement il avait déclaré l'avant-veille à Seyghine qu'il n'aimait pas Claire ; mais

de la « sympathie » à l'amour, il n'y a que
l'épaisseur d'un cheveu. Ceux qui jadis colo-
riaient les cartes du Tendre devaient prendre
grand soin de bien fondre les couleurs destinées
à marquer la limite des cantons ; car rien n'est
moins précis que ces bornes-là. William venait
de passer d'un canton à l'autre sans s'en
apercevoir, le pauvre garçon.

Peut-être, sans les incidents de la veille,
l'amour eût-il sommeillé quelque temps encore
dans son cœur sous le nom d'amitié. En
voyant les assiduités de Michel près de Claire,
il s'était senti jaloux.

Et, depuis ce moment, il n'avait cessé de
penser à sa voisine de table d'hôte. Son esprit,
n'ayant pas assez de la journée, s'était même
occupé d'elle la nuit. Comme si le souvenir de
la jeune fille eût voltigé autour de ses rideaux,
il l'avait revue en rêve ; — et c'était encore cette
image qui, le matin, à son réveil, s'était présentée la première pour lui souhaiter le
bonjour.

Voilà ce que William fut obligé de s'avouer,
à la suite de l'interrogatoire qu'il se faisait

subir à lui-même près de la corbeille de géraniums.

Cette constatation, très sincère, de ses sentiments lui fit peur.

— Si je m'en allais, murmura-t-il.

En ce moment, la pensée de Michel Seyghine surgit dans son esprit. S'en aller, mais c'était laisser le champ libre à ce Russe ! C'était livrer la famille Rabotteau sans défense aux machinations de cet aventurier ! Car il n'en doutait pas maintenant. Il y avait sous les pas de ses amis un piège.

Il sentit qu'un flot de haine lui montait du cœur au cerveau contre cet intrigant qui l'avait choisi, lui, William Davis, pour être l'instrument d'une infamie peut-être. Oui, ce qu'il avait entendu dire devait être vrai : ce déclassé était un homme dangereux. Que ne l'avait-il compris plus tôt ?

Alors, par un retour sur lui-même, il déplora amèrement le laisser-aller avec lequel il avait joué le rôle que l'on sait.

S'en aller ! non certes ; il resterait !

Il avait été inconsidéré, il ne serait pas lâche.
Il ne voulait pas que Claire eût le droit de le
mépriser. Il avait le devoir strict de surveiller
Michel. Il le surveillerait ; et, si jamais il sur-
prenait, de sa part, contre la famille Rabotteau
quelque sourde menée... Un geste menaçant fut
la conclusion de ce soliloque.

V

— Vous savez, ma chère dame, qu'il y a bal ce soir au Casino, dit, à table d'hôte, Madame Gazotteau à Christine Babet ; vous y serez, n'est-ce pas ?

— C'est que, répondit la jeune femme, je raffole de la danse. Or, aujourd'hui, ces messieurs sont si peu galants !...

— Ah ! Madame, s'écria Cardaillac, zé proteste contre une telle accusation ; et pour prouver zusqu'à quel point elle est inzuste, ze veux que vous m'accordiez, cé soir, votre prémière polka. Est-cé dit ?

— C'est dit. A une condition. C'est que vous ne vous retirerez pas tout de suite après sous votre tente, et que vous ferez valser Mlle Fourneron.

— Comment donc ! vous mé lé demandez, Madame ? Zé m'engaze sur l'honneur à né quitter lo champ dé bataille qué quand lé combat finira fauté dé combaitants.

— Comme dans le *Cid* alors. Nous verrons si vous êtes un Rodrigue. Vous ferez partie du bataillon sacré, Monsieur Davis ?

— Peut-être, Madame. C'est que je ne suis pas un intrépide valseur, moi... Et, un peu plus bas, à Claire :

— Viendrez-vous, Mademoiselle ?

— Oui, Monsieur, se hâta de répondre Mme Rabotteau qui avait entendu la question adressée à sa fille. Claire adore la danse ; elle accompagnera ces dames...

— Mais, maman, objecta la jeune fille, il est impossible que tu viennes, toi. Tu seras certainement trop fatiguée, et tu sais que le médecin t'a recommandé la prudence. Après ce que tu as éprouvé ce matin...

— Oh ! c'est fini maintenant. Tu sais bien, ma petite Claire, que cela me guérit de te voir heureuse. Et tu es si heureuse, quand tu danses ! Dame ! mon enfant, c'est de ton âge.

Claire fit mille objections, prétexta qu'elle n'avait pas de robe de bal, dit qu'elle n'avait pas le cœur à danser : Mme Rabotteau, qui savait à quoi s'en tenir sur la valeur de ces prétextes, resta inflexible, et promit positivement à ces dames de conduire sa fille au bal du Casino.

Même engagement fut pris par Madame Paranquin, pour Elise ; par Monsieur et Madame Piplin, pour Berthe ; par Sardis, par Benitez de la Praga, par Zéphyrin Nuageux, et enfin par Etienne Lovelace lui-même, qui avait, disait-il, un secret pour dissimuler sa bosse en dansant. Seul, Autrejacque, en célibataire convaincu et incorruptible, refusa de prendre un engagement qui compromettrait ses principes. Cardidier se laissa convaincre par l'éloquence persuasive et les beaux yeux de Madame Barillou. Il espérait, à force de courage, secouer ses rhumatismes et avoir raison de la raideur de ses articulations. Bref, presque toute l'excursion de la Montagne-Verte se retrouva unie dans une conspiration dont le but était de galvaniser le bal.

Ce n'est point par l'entrain que brillent, en général, les soirées dansantes du Casino. La durée restreinte de la saison empêche la formation de liens assez intimes entre familles pour faire fondre la glace. On ne demanderait pas mieux que de se lancer ; mais c'est à qui ne commencera pas. Ces messieurs jettent un coup d'œil dans la salle, pirouettent sur leurs talons, et disparaissent. Ces dames écoutent la musique, dont les accords leur causent des inquiétudes dans les jambes ; mais, comme elles manquent de cavaliers, comme elles refusent parfois ceux qui se présentent, parce que personne ne veut ou n'ose ouvrir le bal, les valses succèdent aux polkas, et les polkas aux quadrilles, sur les instruments seuls, le parquet restant libre entre les files des chaises alignées.

Tel était, précisément, le spectacle qu'offrait, ce soir-là, le salon des fêtes du Casino.

Depuis quelque temps, l'orchestre, attaquant des polkas et des valses, égrenait les morceaux du programme. Il y avait foule dans le salon, ouvert sur la vérandah, tout étincelant des feux de ses énormes lustres en bronze doré, plein du frémissement des toilettes, vibrant et sonore. Les rangs pressés des chaises avaient peu à peu obstrué toutes les issues et débordaient dans les salons voisins. L'orchestre, par instants, semblait près d'enlever le bataillon féminin qui se pressait là : les petits pieds s'agitaient ; de mutines têtes de jeunes filles battaient la mesure.

Quelques jeunes gens s'étaient levés de leurs sièges et avaient entamé des pourparlers avec leurs voisines ; mais il y avait tant de monde là, tant de monde qui regardait ! Avec les dernières notes des instruments, l'élan tombait tout-à-coup. Les plus intrépides se rasseyaient. D'autres, des boudinés, à demi-couchés sur les divans, sous les hautes glaces, regardaient, impassibles, ce spectacle.

La jolie Madame Gazetteau et son amie, Christine Babet, arrivées depuis le premier

quadrille, étaient furieuses contre Cardaillac,
qui ne paraissait pas, malgré la parole engagée,
contre William et les autres. Claire Rabotteau
non plus n'était pas encore là.

— Vous verrez, ma chère, que tous feront
défaut, répétait pour la dixième fois à son amie
Madame Babet, lorsque Cardaillac parut enfin,
escorté de William Davis, de Sardis, de
Zéphyrin Nuageux, de Cardidier et de Lovelace.
Ces messieurs s'étaient mis en frais de toilette
de soirée. Ils s'avancèrent rapidement pour
saluer les deux belles délaissées, qui prirent
un air pincé :

— Veuillez nous excuser, Mesdames, commença Cardaillac...

— A quoi bon, Monsieur? interrompit Madame Gazetteau. Est-ce que la galanterie
française maintenant ne consiste pas à faire
attendre les dames? C'est un sujet qui peut
même se mettre en vers, n'est-ce pas, Monsieur
Nuageux?

Nuageux protesta. Sardis vint à la rescousse,
et déclara que pas un de ces messieurs ne

croyait le bal commencé ; qu'effectivement, il ne l'était pas, d'après ce qu'il pouvait voir.

— On vous attendait, Messieurs.

— Hé bé ! s'il en est ainsi, ténez votré parole commé ze tiens la mienne, dit Cardaillac à Madame Babet. On commence uné valse ; voulez-vous mé faire l'honneur dé la danser avec moi ? Cela scellera notre réconciliation.

Sardis, de son côté, invita Mme Gazetteau.

Les deux couples se lancèrent, pendant que Nuageux s'adressait à une grande jeune fille, sorte de sylphide, qui devait réaliser à ses yeux l'idéal d'une muse.

Deux jeunes Anglaises, deux sœurs, l'une blonde et l'autre brune, venaient d'entrer dans le salon. Elles étaient charmantes avec leurs robes blanches d'une élégante simplicité. Deux messieurs qui les suivaient avec de gros bouquets à la main sollicitèrent aussitôt la faveur de valser avec elles. Sans se faire prier, les jeunes filles acceptèrent l'invitation qui leur était adressée. Cela donna du cœur à une dame en bleu, leur voisine, qui, à son tour, se lança avec un officier de spahis.

La glace était rompue. De toutes parts, des couples, gagnés par l'exemple, entrèrent dans le tourbillon auquel l'orchestre imprimait un mouvement de plus en plus rapide. Le rythme, se précipitant, entraînait la valse haletante qui voyait fuir et danser les lambris.

Presque tout le monde était maintenant debout, regardant; les hommes formant un cercle sombre derrière la ligne claire des toilettes de ces dames. C'était pendant un entr'acte : le public du théâtre, chassé de la salle par la chaleur, avait envahi le couloir, et poussait ses flots dans le salon. Il y avait à toutes les portes un entassement de gens hissés sur la pointe des pieds pour regarder, par dessus la tête ou les épaules de leurs voisins, le tourbillonnement de la valse dont les dernières notes, lancées à toute vitesse, éclatait avec une *furia* splendide.

Tout-à-coup, l'orchestre se tut ; un immense brouhaha emplit la salle.

Les dames, reconduites par leurs cavaliers, se jetaient sur les divans en s'épongeant le front avec leurs mouchoirs.

C'est en ce moment que Madame et Mademoiselle Rabotteau, Madame et Mademoiselle Paranquin, Berthe Piplin, précédées de M. de la Praga qui, en galant hidalgo, leur ouvrait le passage à travers la foule, pénétrèrent dans le salon.

Les deux danseuses se levèrent pour aller à leur rencontre. Il y eut des serrements de mains mêlés de petits reproches.

— Nous commencions à désespérer de vous voir.

— Que c'eût été mal à vous ! Mais vous voilà ; tout est oublié. Ma chère petite Claire, vous êtes ravissante, ce soir.

Ravissante, oui, elle l'était, en effet, avec une robe crème très simple, et un geranium rouge, pour toute parure, dans les cheveux. William remarqua l'empressement de ces messieurs auprès de la jeune fille : chacun sollicitait la faveur de danser avec elle la prochaine polka.

— Agréez tous mes regrets, Messieurs, dit Claire ; j'ai promis à Monsieur Davis.

L'Américain s'inclina, rougissant de plaisir.

— Merci, Mademoiselle, fit-il à mi-voix.

— Monsieur Rabotteau ne vous accompagne pas, Madame ? demanda-t-il ensuite en se tournant vers Madame Rabotteau.

— Monsieur Rabotteau nous accompagne toujours, dit la malade. Mais il trouve qu'il fait bien chaud ici, et il a dû prendre M. Bouteiller pour se promener un instant avec lui, à l'air frais, en fumant un cigare.

Puis, en souriant :

— Je crois qu'il a envie de danser aussi. Il s'est fait superbe, ce soir.

Cependant un bataillon d'habits noirs et de redingotes voltigeait autour des dames. On remarquait, parmi les plus empressés, M. Asparagus, qui venait d'inviter la préfète ; puis un gentilhomme espagnol, très décoré, qui causait avec la comtesse Flavie. Pendant que le mari de Madame Froufrou, toujours grave et haut sur son faux-col, restait attaché au rivage par sa grandeur, sa jeune femme, très entourée, savourait d'avance le plaisir d'être emportée par le flot de la valse loin des parages conjugaux que glaçait, en plein été, une bise perpétuelle.

La comtesse Sophie de N*** montrait les plus blanches épaules de toute la Hongrie, et la belle Mᵐᵉ G***, le plus petit pied de tout Paris. On se désignait, avec des rires étouffés derrière l'éventail, Mᵐᵉ Potence qui, toujours en rouge cardinal, en plein sous la lumière des lustres, éclatait comme une pièce d'artifice, faisant feu de tous ses diamants.

L'orchestre commença une polka de Métra. Claire, avec sa vivacité, sa grâce, dansait bien. William éprouvait un véritable enivrement à respirer le parfum de sa chevelure et à sentir sur son bras les ondulations de sa taille flexible comme un roseau.

— Vous n'êtes pas fatiguée de votre promenade d'hier, Mademoiselle ? demanda-t-il à Claire.

— Ce sont les pauvres ânes qui doivent être fatigués. Mais nous ?... Qu'avons-nous fait pour cela ?

— Vous vous êtes amusée ?

— Énormément. Et vous ? Pas beaucoup, je crois. On a dit que vous aviez l'air d'un conspirateur.

William sourit.

— Et c'était vrai, insista Claire. Qu'aviez-vous donc hier soir? Et aujourd'hui encore, qu'avez-vous? Vous ne parlez que par monosyllabes. Ce n'est pas ce soir que vous feriez le portrait de l'homme répandu dans la société.

— En effet.

Il y eut un silence.

— Tiens! reprit Claire, M. Cardidier qui vient de se lancer... Regardez-le donc tourner avec Madame Paranquin.

— Il est aussi à plaindre qu'Oiseau-Mouche, murmura William.

— Vos préoccupations — elle appuya sur ce mot d'une façon drôle — ne vous empêchent pas d'être caustique, à ce qu'il paraît, Monsieur. C'est une très aimable femme que Madame Paranquin.

— Pourquoi danse-t-elle? Voyons, Mademoiselle, quand on a quatre-vingt-cinq de tour de taille, on ne danse plus.

— Vous lui avez donc mesuré la taille, à Madame Paranquin?

— Oh! c'est visible... à l'œil nu.

Les jeunes gens tournèrent encore quelques instants en silence. Puis Claire reprit :

— Savez-vous si nous aurons le plaisir de voir ce soir Monsieur et Madame Seyghine ?

A ce nom, à cette question, William ressentit comme une morsure au cœur.

— Je l'ignore, répondit-il froidement. Puis, après un instant d'hésitation :

— Comment trouvez-vous M. Seyghine ?

— Charmant.

— N'est-ce pas ? Toutes les dames sont d'accord sur ce point.

— Ah ?... En effet. Il est plein de prévenance et de galanterie. Et c'est lui qui s'entend à tourner les compliments !... Le madrigal fait homme, Monsieur ; le madrigal fait homme.

— Les dames aiment les madrigaux.

— Oui ?... Hé bien, pas moi.

— Ne venez-vous pas de me dire que vous trouviez M. Seyghine charmant ?

— Oh ! sans doute. Pour sa complaisance à tirer la corde des balançoires de la Montagne-Verte ; mais pas pour ses madrigaux, allez ! J'aime encore mieux ceux de M. Nuageux.

Le visage de William s'éclaira :

— Si vous saviez, s'écria-t-il, comme je suis heureux de vous entendre dire cela !

— Vous ! Comment ? Je croyais M. Seyghine votre meilleur ami !

— Ami ! Mademoiselle, non. Camarade, tout au plus.

— Mais enfin pourquoi dites-vous que vous êtes heureux de...?

— Pourquoi ? Parce que l'opinion que vous exprimez est une nouvelle preuve en faveur de votre jugement et de votre caractère.

— Ah ! Je vous y prends, s'écria Claire gaiement.

— A quoi donc ?

— Mais à faire des madrigaux, vous aussi.

La polka était terminée. Les deux jeunes gens, après un tour dans la salle, s'aperçurent que Mme Rabotteau avait quitté le salon des fêtes pour celui des dames. Ils sortirent sur la vérandah, afin de respirer l'air frais du soir qui arrivait, embaumé par les senteurs des orangers et les parfums des pétunias.

Dans le jardin qui s'étend devant la façade du Casino, et plus loin, derrière la grille, dans le parc, une foule énorme, sorte de serpent gigantesque aux noirs replis, ondulait comme si elle eût voulu enserrer l'édifice de ses mouvants anneaux.

— Vous prenez cela pour un madrigal, reprit William, en s'appuyant à une des colonnes de la vérandah ; vous avez tort. Si j'ai une qualité, c'est la franchise, et s'il est une chose que j'estime au monde, c'est la droiture de caractère. Je voudrais pouvoir vous persuader cela ; car je serais désolé d'être confondu dans ce tas de faiseurs de compliments qui n'ont jamais à offrir à une femme que des fleurs de rhétorique et des banalités sucrées. Je voudrais pouvoir vous persuader cela, Mademoiselle, à vous surtout, à vous seule, parce que, si je ne me préoccupe guère du jugement des autres, je ne suis pas insensible à l'opinion que vous pouvez avoir de moi ; parce que, pour rien au monde, je ne voudrais être soupçonné de sentiments pareils si jamais je... si j'osais vous dire que je...

Sa voix tremblait. Il s'arrêta, comprimant les battements de son cœur. Claire, étonnée, les yeux dilatés, le regardait sans comprendre.

— Hé bien, oui, que je vous aime... Je n'avais pas l'intention, je vous le jure, Mademoiselle, de vous faire cette... déclaration. Je voulais garder pour moi ce secret. Il m'a échappé. Que voulez-vous? Quand le cœur est plein, il déborde, c'est forcé. Oh! je n'ai pas la prétention d'être aimé de vous. Vous avez trop de jugement et de bon sens pour ne pas apprécier à sa valeur un jeune fou comme moi; je le sais; je me le suis dit. Aussi n'est-ce pas ma faute si je n'ai pu résister à tant de charme, de simplicité vraie, de naturel et de sincérité. Je me suis aperçu que je vous aimais, Mademoiselle, quand il n'était déjà plus temps de réagir. Plaignez-moi. Aussi vrai que je vous le dis, j'aurais voulu ne pas vous aimer. Nous étions si bons amis! Cela ne pouvait pas rester comme ça... Hé bien, n'en parlons plus. Je suis un insensé; mais je tâcherai du moins, si je ne puis pas retrouver ma gaieté d'autrefois, de ne pas être près de vous un compagnon trop maussade. Ou, quand j'aurai le cœur trop gros, l'âme trop triste, je courrai me cacher. Après la saison, vous vous en irez d'un côté, moi, d'un autre ; et de temps en temps, quand vous vous rappellerez cette scène, vous ne pourrez pas vous empêcher d'en rire en disant : J'ai connu à Vichy un écervelé qui m'a fait une déclaration à un bal du Casino. Mais l'écervelé en question gardera longtemps au cœur sa blessure...

Claire, pendant ce discours, était restée la tête penchée, très attentive et très grave.

— Monsieur Davis, dit-elle, je ne crois pas qu'il y ait jamais lieu de rire d'un jeune homme qui vient à une jeune fille pour lui dire qu'il l'aime...franchement, loyalement, simplement... comme vous venez de le faire. Vous m'avez parlé en honnête homme, je vous répondrai avec la franchise dont vous voulez bien m'attribuer le mérite. Je ne sais pourquoi vous vous exprimez sur votre propre compte en termes aussi amers. Croyez que, si jamais quelqu'un vous a confondu avec les débiteurs de fadaises, ce n'est pas moi : je connais la loyauté de votre caractère, et je vous estime, Monsieur Davis. Cela ne veut pas dire que je vous aime... Il est possible que, plus tard, mes sentiments à votre égard changent de nature. Alors... je ne suis pas une coquette, vous le savez... vous pouvez attendre de moi cette même sincérité dont vous venez de faire preuve. Soyez persuadé que, de toute manière, je vous serai éternellement reconnaissante des sentiments que vous avez pour moi, et de la façon si cordiale dont vous venez de me les exprimer... N'allez pas vous cacher, Monsieur Davis, je vous en prie, ajouta en souriant la jeune fille ; toutes ces dames me sauraient trop mauvais gré de les priver d'un si gai convive, d'un si agréable chef de caravane. Nous étions bons amis ; restons bons amis, voulez-vous ?

Avec un geste plein d'une amicale franchise, elle tendit la main à William qui la serra dans les deux siennes.

On avait dansé pendant ce temps-là, et quand Claire, accompagnée de Davis, rentra dans le salon, tous ces messieurs rappelèrent la jeune fille à l'exécution de ses engagements, Madame Rabotteau causait tout bas avec Bouteiller.

Etonnée de l'absence de son mari, elle s'informait des causes qui pouvaient avoir empêché Rabotteau de rejoindre sa famille, au salon des fêtes, comme il l'avait promis.

Bouteiller répondit qu'il n'avait pas vu Simon de la soirée.

Il est peut-être au théâtre, pensa Madame Rabotteau ; pourtant il aurait paru pendant les entr'actes.

Déjà, elle s'inquiétait. Elle ne voulut rien dire à Claire, tant qu'elle vit la jeune fille occupée à danser ; seulement, lorsque, après deux ou trois quadrilles, celle-ci lui exprima le désir de regagner l'hôtel :

— Nous allons jeter un coup d'œil dans le théâtre, Claire, dit-elle, pour voir si ton père n'y est pas. Il avait promis de venir nous rejoindre ; il est peut-être allé entendre un acte.

Elles gagnèrent leur loge ; personne.

Elles cherchèrent des yeux celle de M. et de Mᵐᵉ Seyghine. Vide également.

De leurs lorgnettes, elles fouillèrent l'orchestre, le pourtour, les galeries ; à coup sûr, Rabotteau n'était pas dans la salle.

— Il aura trouvé quelqu'un de ses amis, fit observer Claire. Voyons, mère, ne te tracasse pas comme cela pour rien. Tu es fatiguée, nous allons rentrer ; veux-tu ? Nous le trouverons peut-être à l'hôtel. En tout cas, il n'est pas tard. Voilà dix heures et demie qui sonnent. Viens, maman, viens...

Monsieur Rabotteau n'était pas rentré au moment où ces dames arrivèrent à l'hôtel.

— Il doit être à la Restauration, dit Claire ; couche-toi, je t'en prie.

A deux heures du matin, Madame Rabotteau, très malade, venait d'avoir une crise violente, et sa fille, demi-nue, était à son chevet, quand Simon parut.

VI

Michel Seyghine n'avait pas perdu son temps.

Il s'était arrangé avec le hasard, désirant ne pas s'adresser à l'hôtel, pour rencontrer Simon Rabotteau seul, dès le lendemain de l'excursion de la Montagne-Verte.

Après les premiers compliments, et l'offre gracieuse d'un cigare, il avait demandé à l'ancien marchand de grains s'il n'avait aucun projet pour la soirée.

Rabotteau répondit que sa femme avait promis d'emmener Claire au bal du Casino.

— Et vous ?

— Mon Dieu! moi, j'accompagnerai ces dames.

— Ah! bien. Si vous n'aviez pas eu de projets, je vous aurais proposé de nous accompagner, Madame Seyghine et moi, villa de Chypre, chez Mᵐᵉ Francesca Ramazzi.

En entendant prononcer le nom de Mᵐᵉ Seyghine, Rabotteau saisit avec empressement l'occasion qui lui était offerte de revoir Nina.

— Oh! dit-il, c'est par pur désœuvrement que j'avais formé ce projet. Ma présence au bal n'est nullement nécessaire, et le plaisir de votre société, mon cher Monsieur Seyghine...

— Vous pouvez ajouter le plaisir de la société de ces dames. Elles sont charmantes, vous verrez. Nous allons fréquemment, Mᵐᵉ Seyghine et moi, passer la soirée chez Francesca, qui est une de nos meilleures amies, et qui sera enchantée de vous recevoir. Vous trouverez dans son salon une société très gaie, très avenante, j'ose le dire. Madame Rabotteau me pardonnera en considération de l'agréable soirée que vous passerez avec nous. Ainsi, c'est entendu... Ce soir, à neuf heures... Vous savez :

inutile de se mettre en frais de toilette. C'est une soirée intime, entre amis... Voulez-vous que je passe vous prendre à l'hôtel ?

— Inutile. Vous êtes vraiment trop aimable; j'irai moi-même vous rejoindre... A propos, votre adresse ?

— Villa Fleurie, à deux pas d'ici.

Il prit dans son portefeuille une carte de visite qu'il tendit à Rabotteau.

— Oh ! très bien. A neuf heures donc, et merci !

Quand Monsieur et Madame Seyghine, suivis de Rabotteau, se présentèrent chez Mᵐᵉ Ramazzi, il y avait déjà dans le salon une société très gaie, comme l'avait annoncé Michel, sinon très nombreuse. Dès que ces visiteurs lui furent annoncés, Francesca se leva précipitamment et, les mains tendues, s'avança au-devant d'eux. Elle embrassa à deux reprises, avec effusion, Madame Seyghine.

— Ah ! ma chère Nina, que je suis heureuse de te voir ! Et vous, Michel, c'est comme cela que vous tenez vos promesses ? Toute la compagnie a porté votre deuil, hier...

— Ma chère dame, répondit Seyghine, nous

étions en grande excursion à la Montagne-Verte, avec Monsieur qui a bien voulu m'accompagner ici, et que je vous présente... Monsieur Rabotteau, un homme charmant, un de mes meilleurs amis.

Rabotteau s'inclina, un peu confus du qualificatif trop flatteur, à son avis, que Seyghine lui appliquait ainsi, à brûle-pourpoint.

— Ah! Monsieur, dit Francesca, avec son plus gracieux sourire, présenté de cette façon par M. Seyghine, nous ne pouvons qu'être charmés de vous avoir quelquefois à nos petites soirées. Nous vous considérons dès maintenant comme un des nôtres.

En disant ces mots, la jeune femme tendit la main à Rabotteau, qui crut faire acte de talon rouge en lui baisant l'extrémité des doigts. Seyghine ne lui avait-il pas dit qu'il allait se trouver dans un monde très distingué?

Il n'y paraissait cependant pas.

Les meubles, sans style, affichaient un luxe criard beaucoup plus fait pour éblouir les yeux que pour flatter le goût. Il y avait dans cette pièce, grande, éclairée par un énorme lustre en bronze, une profusion de canapés, de divans et de fauteuils : le tout dépareillé, désordonné, pêle-mêle, déchirant les tapis. Les lourds rideaux étaient soigneusement tirés, comme pour mettre les invités de Madame Ramazzi à l'abri de toute indiscrétion du dehors ; et cela, malgré la situation retirée de la villa, dans un jardin, entre des massifs. Une singulière atmosphère régnait dans cette salle, et quelque chose y trahissait le débraillé, la bohême, la licence à peine voilée par l'attitude et le langage hypocrites des initiés, quand il s'agissait de recevoir un nouveau personnage.

Francesca Ramazzi avait vingt-cinq ans. Elle se disait veuve d'un officier italien.

C'était une de ces femmes dont toute la beauté réside dans le regard. Trop brune de peau, petite, grassouillette, elle avait des yeux admirables, caressants, qui offraient un singulier contraste avec ceux de Nina, dont l'expression ne s'adoucissait que par un effort de volonté. Souple, câline, féline, elle avait dans la voix des inflexions enfantines et se donnait le genre de zézayer, un peu par mignardise naturelle, un peu pour se rendre intéressante. On disait d'elle que c'était une aimable petite femme. Elle mettait tout de suite le monde à l'aise, en faisant passer dans ses yeux une expression de naïveté confiante. C'était une coquine de bonne foi. S'il eût pu lui venir quelques scrupules de conscience sur le métier qu'elle faisait, elle les aurait apaisés, en vraie Italienne, avec un chapelet ou une prière à la Madone.

Nina l'avait rencontrée à Milan, et avait compris le parti qu'elle pourrait tirer de cette nature faible, crédule, superstitieuse, sans aucun sens moral, perverse par instinct ; mais douce, facile, assez intelligente pour bien remplir un rôle, pas assez pour le créer ou le jouer à son profit. Elle en fit aisément sa créature. Trop habile pour s'exposer elle-même à un jeu qui pouvait la compromettre, elle resta dans la coulisse, prête à s'échapper à la moindre alerte, pendant que Francesca jouait la comédie.

Chaque soir, une société féminine, plus ou moins nombreuse, mais toujours très aimable, se réunissait dans les salons de la villa de Chypre. Quatre des visiteuses les plus assidues s'y trouvaient précisément au moment où Robotteau se présenta :

Rachel Reynach, vingt-deux ans, veuve et juive. Une Juive blonde avec des cheveux de Cérès et des yeux ardents comme une braise. La plus jolie des habituées de la villa de Chypre et la plus sérieuse en affaires.

Irma Vivant, vingt-trois ans; veuve, toujours. Ce qu'on appelle une belle femme : bien plantée, carrée d'épaules, une gorge superbe et un appétit à l'avenant. Une mangeuse, plutôt qu'une soupeuse. Des traits réguliers, mais lourds, sans caractère et sans distinction. Des yeux grands, mais sans expression et sans pensées. Une chair triomphante, débordante, rosée et nacrée, affriolante, splendide. Bonne fille, d'ailleurs, ayant le rire aussi facile que la digestion, elle était on ne peut plus drôle quand elle voulait jouer à la dame du monde, avec les gestes masculins dont elle soulignait ses minauderies de petite maîtresse.

Ondine Fleuretta, vingt-huit ans. Avons-nous besoin d'ajouter : veuve ? Celle-là aimait mieux souper que dîner. L'antithèse d'Irma Vivant : grands yeux, à fibres d'or, changeants comme la mer ; main fine, pied petit. Elle avait la taille souple et svelte, de la grâce, de l'élégance, enfin des quenottes blanches ; fines comme celles d'une souris, qu'on accusait tout bas d'avoir dévoré la fortune du « pauvre regretté » — c'est ainsi qu'elle appelait son mari défunt — et d'autres encore.

Jeanne Chagot, dix-sept ans. Celle-là ne se donnait pas pour veuve.

Elle avait à un degré remarquable la beauté du diable : des cheveux toujours en l'air et des jambes également. Aussi Francesca lui reprochait-elle souvent de manquer de tenue. Elle en avait pendant une heure ou deux, dans les circonstances graves ; mais le champagne, un moment comprimé, n'en faisait que plus vivement sauter le bouchon de la bouteille. Jeanne finissait toujours par mettre les pieds dans le plat.

C'était une enfant de la balle, chanteuse, à quinze ans, dans un café-concert de barrière, lancée, à seize, par un boudiné, poursuivant, à dix-sept, la revendication de l'émancipation des femmes. Un vrai gamin de Paris en jupons : du chien, de la blague, de la repartie ; un bonnet toujours par dessus les moulins, un cerveau toujours en ébullition. Souvent compromettante ; mais si drôle ! si précieuse quand il fallait jeter la note gaie, semer l'entrain, faire rire ces messieurs à ventre déboutonné. Alors Jeanne, la bride sur le cou, y allait de tout son « bagout », traînant sur les mots avec cet accent faubourien qui leur donne je ne sais quelle allure canaille, soulignant les intentions grivoises par des mouvements de hanches et des gestes plus qu'osés. Francesca, plus d'une fois, avait déclaré que cette petite fille compromettait la dignité de ses salons ; mais les habitués ne trouvaient pas grand mal à cela. Les vieux surtout tenaient à la petite Jeanne, et son éloignement eût été le sacrifice d'une notable partie de la clientèle.

La villa de Chypre comptait également un

certain nombre de visiteurs assidus, en tête desquels — à tout seigneur tout honneur — il faut nommer Jacques Potence.

C'était, ainsi que nous l'avons vu, un ancien courtier marron, espèce de champignon de Bourse, comme il en pousse tant à Paris aux moments où il y a des râfles à faire sur des valeurs enflées par la spéculation. Après le krach, Potence, ne trouvant plus rien à faire dans la capitale, s'était mis à courir les villes d'eaux. Il *opérait* maintenant en province. Somme toute, il n'avait pas changé de métier ; jadis il avait fait des dupes, il continuait à en faire. Il jouait la comédie sur un autre théâtre, voilà tout.

Potence aurait fait un prestidigitateur hors ligne. Il possédait des secrets admirables pour faire trouver le roi entre les mains du privilégié auquel il portait de l'intérêt. Il connaissait aussi à fond certains signes cabalistiques, grâce auxquels un joueur peut lire dans le jeu de son adversaire, comme s'il l'avait sous les yeux. A part cela, Jacques Potence était ce qu'on appelle un bon vivant : épaisse barbe noire, lèvres lippues, ventre bedonnant, mangeant bien, buvant sec, sablant le champagne comme pas un, adorant les jolies femmes ; bref, embrassant et confondant dans un même culte trois divinités antiques : Bacchus, l'Amour et Mercure.

L'ancien boursicotier était l'âme du petit tripotage qui s'opérait chaque nuit, de dix heures à trois, dans les salons de Mme Ramazzi. Dans les cas embarrassants, s'il arrivait qu'une victime eût des soupçons et les laissât paraître, c'est lui qui prenait la parole. Il faisait alors sonner les mots de probité, de loyauté, d'honneur avec un aplomb si imperturbable que, presque toujours, le malheureux joueur, déconcerté, finissait par se taire.

Il opérait lui-même toutes les fois qu'il s'agissait d'enferrer un nouveau venu ; mais il avait à ses ordres deux lieutenants sur lesquels il se reposait du soin des affaires courantes : un certain Flavio, calabrais, espèce de bravo du tapis vert, et un autre flibustier du nom de Pidoux.

Enfin, on trouvait là un personnage important, qui se faisait appeler le comte Ruffopoulos.

Nous ne dirons pas sa nationalité ; il n'en avouait aucune, bien qu'il eût des décorations de tous les pays du monde. C'est même ces décorations qu'il apportait pour sa part dans l'association Seyghine, Potence et Cie. Il y apportait, de plus, son titre ; et la raison sociale, satisfaite, ne réclamait de lui aucune autre coopération. Ce n'était pas un membre actif dans l'affaire, mais un membre honoraire, dont le haut patronage était considéré comme précieux. Non-seulement il couvrait la société de son blason, de sa *respectability*, mais il partageait avec Michel Seyghine l'utile emploi de rabatteur.

Ces messieurs se trouvaient tous réunis dans le salon, avec trois ou quatre étrangers, quand Simon se présenta.

Si peu habitué qu'il fût aux personnes et aux choses de ce monde interlope, il trouva, au premier coup d'œil, que Seyghine avait dépassé les limites de l'hyperbole en lui peignant la société de la villa de Chypre, et surtout en la qualifiant. Inexpérimenté, oui, certes, il l'était ; mais stupide, non ! Michel, en forçant la note à ce point, s'était mépris sur son compte. Ce débraillement qui régnait dans le salon, la présence de ces jeunes femmes, toutes veuves, toutes aimables, furent pour lui autant de traits de lumière sur la composition de la société parmi laquelle on l'avait entraîné. Il était loin toutefois de se douter de la vérité tout entière. On se rappelle qu'il venait de sortir de sa loge lorsque, le soir de la représentation de Sarah Bernhardt, le hasard de la conversation avait amené sur les lèvres de William le nom de Potence.

Du reste, qui eût pu lire dans sa pensée y aurait peut-être trouvé autre chose que de l'indignation. Dans ce milieu, il lui sembla que Nina était plus près de lui, que la liberté licencieuse qui y régnait lui conférait en quelque sorte des droits, et pouvait autoriser des tentatives. Cette pensée donna comme un coup de fouet à la passion toute sensuelle qui faisait bouillonner son sang. Quelque chose comme une flamme lui monta à la figure.

Le comte s'approcha.

Il avait l'habitude, à l'arrivée de chaque nouveau client, de faire sonner son titre et ses croix. L'effet de cette parade était toujours considérable.

— Oui, Monsieur le comte, avait dit Potence, répondant sans doute à une question de ce personnage et faisant vibrer chaque syllabe, pendant que Ruffopoulos, la poitrine couverte de chamarrures, s'avançait vers Rabotteau, que Seyghine ne quittait pas.

— Permettez-moi de vous remercier, mon cher Seyghine, dit le noble personnage ; et puisse votre ami trouver parmi nous un peu de distraction ! Nous faisons de notre mieux, Monsieur, pour rompre la monotonie d'une existence où le soin de la santé entre tout naturellement pour la plus large part. Ici, les ressources sont restreintes, vous le savez, et...

— Comment donc ! mon cher comte, interrompit Seyghine, Monsieur est un homme d'esprit, et il n'y a que les sots qui s'ennuient.

Rabotteau s'inclina.

— Enchanté, Monsieur, enchanté ! s'écria le comte en tendant la main à Rabotteau par un geste empreint d'une amicale condescendance. J'espère que nous aurons souvent le plaisir de vous voir. Nous faisons un peu de musique, de littérature, de théâtre, de politique... Tenez, mon cher Seyghine, je soutenais tout à l'heure que la politique de timidité, d'effacement, suivie par la France depuis les évènements de 1870, n'est pas fondée sur une juste appréciation des choses en Europe. J'ai été dans la diplomatie ; je connais les difficultés au milieu desquelles se débattent les autres nations. Ne parlons, si vous le voulez bien, ni de l'Espagne, ni de l'Italie : les intrigues qu'on essaie de nouer dans ces deux pays retomberont sur leurs auteurs. Vous verrez si tôt ou tard les événements me donnent raison. L'Allemagne, sans argent, craint plus une nouvelle guerre qu'elle ne la désire. La Russie...

— La Russie et la France, interrompit Seyghine, dont on n'eût guère soupçonné le passé nihiliste, ont un intérêt de premier ordre à s'unir étroitement dans un but de défense

mutuelle contre l'ambition germanique. Le
jour où cette union sera scellée marquera en
Europe une évolution considérable de l'axe
politique international. L'Allemagne, prise
comme dans un étau et gardée à vue, ne
bronchera plus, je vous le garantis. Aux alliances
pourquoi n'opposeriez-vous pas des alliances ?
La Russie, Monsieur Rabotteau, ne demande qu'à
vous tendre la main, et cette entente cordiale
vous rendrait le rôle qu'il est dans les destinées,
dans la situation géographique de la France,
de jouer en Europe. La France et la Russie,
d'une part ; l'Allemagne et l'Autriche, de
l'autre : croyez-vous que cela pèse d'un poids
moins lourd que ceci ? Vous préférez regarder
du côté de l'Angleterre. Vous avez tort. L'Angleterre ne songe qu'à elle. Vous devriez songer
à vous.

— Mais je ne demande pas mieux, moi,
s'écria Rabotteau. Si j'étais ministre, ou seulement en passe de le devenir, je vous assure que
je m'occuperais très sérieusement de ces
choses-là.

— Ah ! ça, dit la petite Jeanne à Irma Vivant, est-ce qu'il va nous raser longtemps, le vieux, avec sa politique ? C'est moi que ça n'amuse pas du tout, la question des alliances. Je suis de l'avis de Monsieur, ajouta-t-elle en désignant Rabotteau, c'est l'affaire des ministres. J'aimerais mieux prendre le thé... Où donc est Francesca ?

Francesca, dans l'embrasure d'une fenêtre, causait à voix basse avec Nina.

— As-tu vu le général ?

— Oui.

— Hé bien ?

— Oh ! tout-à-fait furieux, ma chère. Il faut que Flavio ait été bien maladroit.

— Alors, tu crois que c'est fini ?

— Je le crains.

— Tu sais que nous n'avons pas revu Nanine.

— Comment ! Nanine aurait ?... Ah ! dame, ma petite, il faut s'attendre de temps en temps à quelques défections. Le général faisait grandement les choses ; elle tenait probablement plus à lui qu'à nous... Je te recommande le nouveau venu, Francesca. Je te le recommande, à toi, tu m'entends bien.

— Sois tranquille, Nina.

On était convenu, ce soir-là, de remplacer bourgeoisement le champagne par le thé, pour le décorum ; Mme Ramazzi sonna Juliette.

— Le thé, mon enfant, avec des biscuits anglais.

La maîtresse de la maison fit elle-même les honneurs du service. Lorsqu'elle présenta sa tasse à M. Rabotteau, elle lui lança un regard humide tout chargé de promesses ; mais Simon ne regardait, ne voyait que Nina.

Aussi Francesca déploya-t-elle, en pure perte, les séductions de son sourire et de ses yeux. Elle s'assit à côté de Rabotteau, minauda, zézaya, avec des inflexions de voix caressantes : Simon, insensible à tout, dévorait du regard Nina qui, assise de l'autre côté de la table, causait avec le comte et M. Potence. Il répondait d'une façon distraite au bavardage de la maîtresse de maison qui finit par se lever, piquée.

Elle rejoignit Nina qui, sous prétexte de prendre l'air, était retournée à une fenêtre ; et, à voix basse :

— Oh ! celui-là, tu sais... c'est toi qu'il veut.

— Mais, comme il ne m'aura pas et comme c'est un client précieux qu'il faut garder, coûte que coûte, ne perds pas courage, mon enfant, je t'aiderai.

Jeanne Chagot se lançait déjà. Elle avait dévoré une demi-douzaine de biscuits anglais et, tout en prenant son thé, elle était en train de raconter une bonne farce qu'elle avait jouée à ce gâteux de Gontran, dont elle imitait la voix d'eunuque avec une drôlerie endiablée. Le gros Potence riait, les mains croisées sur son ventre.

— Qu'est-ce que cette gamine ? demanda tout bas Rabotteau à Seyghine.

— Une fillette que Mme Ramazzi a recueillie à cause de son espièglerie et de son esprit. Elle abuse un peu, comme vous voyez, de l'indulgence de sa mère adoptive ; mais elle est si drôle qu'on lui pardonne tout.

Décidément, pensa Rabotteau, ce gaillard-là me prend pour un sot... Nous verrons bien.

Irma Vivant était en conversation extraordinairement amicale avec un des invités, un homme à crâne luisant, dont les yeux, fauves et inquiets comme ceux d'un vieux renard, se portaient fréquemment sur Rabotteau avec une expression de contrainte. Ondine Floretta, à demi-couchée sur un divan, dont un épais nuage de dentelles, nonchalante comme une créole, jouait de l'éventail. Dans un coin, la Juive, un fichu espagnol sur la tête, s'entretenait avec un vieux Monsieur, très au courant des choses de la Bourse, d'un arbitrage qu'il lui conseillait comme particulièrement avantageux.

Le comte et Seyghine avaient demandé à ces dames la permission d'aller fumer un cigare dans le jardin. Jeanne, qui avait fini son histoire, s'était assise au piano. Soudain elle entonna, à toute volée, un refrain très leste de café-concert.

Francesca se précipita.

— Hé bien, Jeanne ! fit-elle d'une voix sévère.

Nina, de son côté, s'était approchée de la jeune fille :

— Chantez donc à Monsieur, dit-elle en désignant Rabotteau, votre jolie complainte de l'Hirondelle.

Sans se faire prier, avec une voix douce et un sentiment qu'on n'eût pas attendu de cette écervelée, Jeanne commença :

Arrête, rapide Hirondelle,
Arrête ; et suspends de ton aile
    Le vol pressé.
Par delà la mer écumante,
Dis, n'as-tu pas vu, sous sa tente,
    Mon fiancé ?

A ta plaintive voix, ma belle,
Oui, je suspendrai de mon aile
    Le vol lassé.
Par delà la mer écumante,
Oui, certes, j'ai vu sous sa tente
    Ton fiancé.

Tu l'as vu ! Va, suspends, ma chère,
Suspends de ton aile légère
    Le vol pressé.
Par delà la mer écumante,
Oh ! dis : que faisait, sous sa tente,
    Mon fiancé ?

Ne m'interroge pas, ma belle.
Ah ! laisse reprendre à mon aile
    Son vol lassé.
Par delà la mer écumante,
Tout seul, il dormait, sous sa tente,
    Ton fiancé.

Non, non !... Quel est donc ce mystère ?
Mon cœur d'une tristesse amère
    Est oppressé...
Par delà la mer écumante,
Oh ! dis : que faisait, sous sa tente,
    Mon fiancé ?

Pourquoi m'interroger encore ?
Hélas ! une fille du Maure
        Au teint bronzé,
Par delà la mer écumante,
Tenait embrassé, sous sa tente,
        Ton fiancé.

Ah ! reprends ton vol, inhumaine !
Hélas ! hélas ! une Africaine
        Au teint bronzé,
Par delà la mer écumante,
Serre dans ses bras, sous sa tente,
        Mon fiancé.

Adieu, mes douces rêveries !
Pleure sur tes amours flétries,
        O cœur brisé !
Et toi, reste avec ton amante,
Par delà la mer écumante,
        Beau fiancé !...

— Bravo ! charmant ! cria toute la société.

— Vous trouvez ?... C'est drôle. Je trouve ça bébête, moi.

Étrange jeune fille ! Elle avait presque pleuré en chantant cette complainte ; à présent, elle la déclarait bébête. Il y avait en elle une mobilité surprenante de sentiments et d'idées, ou un parti pris d'insouciance, de scepticisme moqueur qui n'était peut-être pas dans le fond de son caractère.

Seyghine et le comte, entendant chanter Jeanne, étaient rentrés.

— A propos, Monsieur Pidoux, dit Potence, vous m'avez gagné hier vingt-cinq louis. Vous me dévez une revanche.

— A vos ordres, Monsieur, répondit le compère.

— Venez-vous, Monsieur le comte? Vous m'aiderez de vos conseils. Et vous, Seyghine?

— Oh! moi, je ne joue jamais, vous savez bien.

Des tables étaient prêtes dans le salon voisin. Tous ces messieurs, excepté Michel Seyghine et Rabotteau, quittèrent, les uns après les autres, la compagnie des dames pour assister à la partie d'écarté qui s'engageait.

Les portes, entrebaillées par intervalles, laissaient arriver dans le grand salon les éclats de voix joyeux de Potence, qui avait regagné ses vingt-cinq louis en un tour de cartes, et la musique de l'or sur le tapis.

— Je ne sais pas ce qu'il a dans le ventre, ce Potence, dit Seyghine, en se tournant vers

Rabotteau ; mais il ne dormirait pas s'il omettait, un soir, sa partie de whist ou d'écarté.

— Sa partie ?... Vous êtes bien modeste, M. Seyghine, s'écria Francesca. C'est-à-dire qu'il nous quitte régulièrement chaque soir, à dix heures, pour jouer, et qu'il faut que je le chasse à deux heures du matin. Je suis furieuse contre lui : il rend tous nos amis joueurs comme les cartes.

— Supprimez les tables de jeu.

— Il ferait beau bruit... C'est, paraît-il, une distraction fort appréciée de ces messieurs.

Et, en minaudant :

— Jouez-vous quelquefois, Monsieur Rabotteau ?

— Rarement, Madame. C'est à peine si je sais tenir des cartes.

— Et vous avez raison, mon cher ami, approuva Seyghine. Le jeu, voyez-vous, c'est un enfer. Si vous mettez le doigt dans l'engrenage, vous êtes perdu ; le bras tout entier y passe. Tel que vous me voyez, Monsieur, malgré l'exemple, malgré les sollicitations et les plai-

santeries, je ne touche jamais à une carte ;
jamais !... J'ai horreur des cartes...

— Te voilà bien, mon ami, avec tes exagé-
rations, interrompit Mme Seyghine. Quel mal
y a-t-il à faire, entre amis, quelques parties
sans conséquence ? Si l'on jouait gros jeu, à la
bonne heure ! Mais il n'y a ici que M. Potence
qui s'emballe. Tant pis pour lui !... Hé bien, moi,
si j'étais à la place de M. Rabotteau, je tenterais
la fortune.

— Pourquoi ?

— Parce que la fortune est toujours favorable
aux personnes qui n'ont pas l'habitude de
jouer... Oui, toujours... Témoin M. Abel.
Témoin M. Brillant... Un ami, Monsieur, ajouta-
t-elle en se tournant vers l'ancien marchand de
céréales, qui, pour ses débuts, en une soirée,
a gagné cent cinquante louis à M. Potence.

— Mais c'est jouer gros jeu, cela, objecta
Simon.

— Toujours la faute de M. Potence. Nous
voulions l'arrêter : ah ! bien oui ! Il était em-
ballé. Il allait ! il allait ! Si son adversaire
n'avait pas été plus raisonnable que lui, je ne

sais vraiment pas ce qu'il n'aurait point perdu,
ce soir-là... J'en suis pour ce que j'ai dit.
M. Rabotteau devrait essayer. Je suis sûre qu'il
gagnerait... Monsieur Rabotteau, voulez-vous
que nous tentions la fortune ensemble ? Je suis
pour moitié dans votre jeu.

Il était difficile de décliner une proposition
aussi directe.

— Avec grand plaisir, Madame, répondit
Simon, mais je suis un assez pauvre joueur, et...

— Bah ! Je vous aiderai. J'ai confiance en
votre étoile. Vous allez voir.

Juste en ce moment, Pidoux rentrait dans le
salon, d'assez mauvaise humeur. Potence, ainsi
que nous l'avons dit, avait regagné ses vingt-
cinq louis ; et l'autre, après en avoir perdu, à
son tour, quinze, venait de quitter la place.

Il raconta sa mésaventure.

Il me semble, pensa Rabotteau, que ces
gaillards-là vont vite en besogne... Enfin je ne
jouerai que ce que je voudrai.

Nina lui avait pris le bras.

— Voilà notre affaire, M. Rabotteau, dit-elle
avec son enivrant sourire. M. Pidoux nous cède

la place. Quant à M. Potence, il n'est pas prêt à quitter la partie, j'en réponds.

Potence, en effet, comme vissé à sa chaise, son gros ventre secoué par un rire intermittent, les yeux brillants, rayonnait.

— Vous savez, lui dit Nina, que je me coalise contre vous avec Monsieur. Ainsi, vous n'avez qu'à bien vous tenir.

— Vous avez tort, Madame, je me sens en veine ce soir, et je ne sais vraiment pas ce dont je suis capable.

— Nous verrons bien.

Nina s'assit à côté de Rabotteau.

Potence gagna la première partie.

— Que vous avais-je dit ? s'écria-t-il.

— Continuons, répondit simplement Nina.

La chance tourna bientôt. Potence perdit sans sourciller vingt-cinq, trente, cinquante louis. Mais, quand il en fut à cent, il commença à donner des signes manifestes de mauvaise humeur. Il soufflait comme un gorille à l'aspect d'un ennemi qui trouble sa retraite. Les veines de son front se gonflaient. Ses gros yeux verts

roulaient dans leur orbite. Ses doigts crispés
tordaient les franges du tapis.

— Hé bien? demanda Mme Seyghine.

Rabotteau voulait cesser le jeu :

— Vous êtes en pleine déveine, Monsieur,
dit-il à son adversaire ; vous feriez peut-être
mieux de quitter la partie.

Potence, tout bouffi d'émotion et de colère,
lui répondit brutalement :

— Avez-vous peur de perdre ce que vous
venez de gagner?

— Moi, Monsieur? nullement.

— Alors, vous tenez deux cents louis?

— Soit !

Rabotteau était joueur médiocre, mais il
avait un bonheur insolent. Autrement, il aurait
dû perdre cent fois pour une. Nina, penchée
sur son épaule, le frôlant de sa chevelure, le
brûlant de son haleine, lui faisait littéralement
perdre la tête. Incapable de combiner son jeu,
il aurait jeté au hasard ses cartes sur la table,
si Mme Seyghine n'eût été là pour le conseiller,
ou mieux, pour jouer à sa place. L'espèce
d'hallucination qui le berçait faisait danser

devant ses yeux les piles d'or déposées sur le tapis.

Potence perdit ses deux cents louis.

Sur ce coup, il se leva brusquement de table :

— J'y renonce, déclara-t-il avec un grognement.

Rabotteau regarda sa montre ; il était deux heures du matin. Seyghine, qui était survenu pendant la dernière partie, le félicitait :

— Mes compliments, mon cher Monsieur. Vous êtes un joueur émérite, et Mme Seyghine a eu du flair de s'associer avec vous.

— Il faut que je me retire, dit Rabotteau, très agité ; on pourrait être inquiet à l'hôtel. Tenez, Madame, ajouta-t-il, en désignant, d'un geste, à Nina, l'or empilé sur la table, prenez tout cela : c'est à vous ; vous seule avez gagné.

— Ah ! que c'est mal, Monsieur, ce que vous dites-là ! s'écria la jeune femme. Je n'ai eu d'autre mérite que de vous engager à tenter la fortune. Et je m'en félicite, puisqu'elle vous a été favorable.

Elle ramassa sur la table deux billets de mille francs, qu'avec un geste gracieux, elle lui mit dans la main.

— J'espère, mon cher Monsieur, que nous aurons bientôt le plaisir de vous revoir, dit Francesca, en s'avançant vers lui comme il traversait le salon. Je suis heureuse de la chance que vous avez eue. Permettez-moi de vous en féliciter.

Potence s'avança également, avec le comte et Seyghine, pour lui serrer la main.

— Vous me devez une revanche, Monsieur, dit l'ancien boursicotier.

— Quand il vous plaira, répondit Simon.

Et, saluant ces dames, il sortit.

Les autres invités l'avaient précédé, de sorte qu'il n'y avait plus dans le salon, au moment de son départ, que des frères et amis.

En voyant s'éloigner Rabotteau, le gros Potence se livra à un accès prolongé d'épaisse gaieté, et dit en se frottant les mains :

— A toi la première passe, mon gaillard ; à nous les autres.

Puis, se tournant vers Seyghine, il ajouta :

— Bien amorcé, n'est-ce pas? Si celui-là en réchappe !...

— Il est dans la nasse, répondit Seyghine, sérieux ; il est fou de Nina.

La villa de Chypre n'était pas fréquentée par les joueurs de profession. Seyghine et ses complices s'étaient donné pour mission d'y attirer les inexpérimentés, les naïfs, les braves gens qu'eût effrayés le seul mot de baccara. Rarement on y taillait un bac ; on n'y rencontrait ni pontes ni banquiers. Le jeu, sous forme de whist ou d'écarté, y affectait les allures innocentes de parties de famille. Mais Potence, en accordant à ses adversaires la première passe, avait un double but : leur souffler la fureur du jeu et masquer ses batteries. Mis en goût par ce premier succès, ils se lançaient bientôt avec toute la fougue de l'inexpérience. Les enjeux atteignaient des chiffres considérables ; de sorte qu'il y avait de très beaux coups à faire, en toute sécurité.

Michel s'était adressé d'abord à une autre clientèle, et avait joué un rôle distingué parmi ces grecs de haute volée dont les exploits firent fermer, pendant quelque temps, tous les cafés de Nice ; mais ce métier n'est pas sans danger. Il lui avait occasionné pas mal d'avanies ; si bien qu'abandonnant définitivement les cercles dorés, Seyghine s'était rabattu sur ce qu'il appelait « la bonne et candide roture ».

A cet effet, il avait groupé les éléments d'un bon petit tripot fermé aux joueurs de profession, où l'on ne produisait de temps en temps des personnages d'importance que pour jeter de la poudre aux yeux des bonnes gens. Seyghine, ainsi que nous venons de le voir, affectait de ne jouer jamais. Cette habile comédie écartait les soupçons. Les fameuses « soirées d'amis » couvraient la villa de Chypre d'une ombre protectrice et discrète, très favorable à sa prospérité ; tandis que d'autres tripots, traqués par la police, s'étaient vus obligés de transporter leurs pénates errants jusque sous les charmilles d'une promenade des environs.

VII

Mme Rabotteau n'adressa aucun reproche, aucune question à son mari. Elle lui fit seulement observer qu'il rentrait bien tard, et qu'elle avait été très inquiète.

— C'est-à-dire très malade, compléta Claire.

Rabotteau répondit avec embarras qu'il avait passé une partie de la soirée à la Restauration, et qu'ensuite un ami l'avait emmené au Cercle où il avait regardé jouer. Là il avait oublié l'heure.

Mais, ajouta-t-il, pourquoi ces inquiétudes, à propos de rien? Vichy n'est pas une forêt de Bondy. On n'y assassine personne. Ne peut-on rentrer, passé minuit, sans être exposé à trouver tout l'hôtel sens dessus dessous?

Claire répondit un peu vivement que l'hôtel n'était pas sens dessus dessous, sa mère n'ayant voulu faire appeler personne.

Rabotteau essayait, par de mauvaises raisons, de donner le change à sa conscience. Il promena quelques instants son agitation dans la chambre; mais, les souffrances de sa femme opérant une diversion, il finit par s'associer aux soins que Claire prodiguait à la malade. Celle-ci affirmait qu'elle se sentait mieux, et suppliait la jeune fille d'aller se reposer. En vain, Claire voulait passer la nuit près d'elle. C'est alors que Simon intervint : il déclara qu'il prenait sur lui ce soin et donna à sa fille l'ordre positif de regagner sa chambre. En l'embrassant avant de se retirer, Claire lui dit tout bas :

— Tu sais jusqu'à quel point elle est impressionnable. Ménage-lui donc ces émotions qui la tuent. Voilà deux crises aujourd'hui ; c'est trop.

Le lendemain matin, à table d'hôte, il fut question de la santé de Mme Rabotteau. Elle était aimée de tout le monde, à cause de sa bienveillance douce et triste. Christine Babet racontait que, la veille au soir, au bal du Casino, elle paraissait bien portante et était visiblement heureuse de regarder danser sa fille. Mme Gazetteau parla du docteur Précope.

— Vous devriez aller le voir, dit-elle à Rabotteau qui, seul de sa famille, était descendu dans la salle à manger. Demandez à ces dames ce qu'elles en pensent.

Mme Gazetteau avait, en effet, recommandé le docteur Précope à ses voisines de table d'hôte, qui toutes, à tour de rôle, étaient allées le consulter. Elles approuvèrent unanimement le conseil d'Euphrasie.

— C'est que, objecta Simon, nous avons déjà le docteur Chabrillac, et...

— Qu'est-ce que cela fait? insista Mme Gazetteau.

Autrejacque hochait la tête :

— Vous voudriez donner deux médecins à cette pauvre Mme Rabotteau !... Tenez, moi qui vous parle, je n'en consulte jamais un seul. Au début de ma première saison, je suis allé à la Grande-Grille ; j'y ai bu à ma soif ; j'ai pris vingt et un bains ; je me suis fait administrer treize douches. Et voilà !... Depuis douze ans je recommence ce manége. Je ne m'en porte pas plus mal, comme vous voyez.

— Mais vous ne vous en portez pas mieux non plus, interrompit Mme Gazetteau. Si votre rhumatisme en est à sa douzième saison, c'est un exemple assez mal choisi que vous nous citez-là à l'appui de votre conseil, convenez-en.

Autrejacque allait répliquer, lorsque Simon déclara qu'il parlerait de M. Précope à la malade, et qu'elle agirait à sa guise.

Claire, mise au courant de la chose, insista avec tant de force, près de sa mère, pour la décider à suivre le conseil de ces dames, que Mme Rabotteau se laissa enfin persuader. On convint d'aller voir le docteur Précope ce même jour, dans l'après-midi.

Ce n'est pas une vie de sybarite que celle de médecin consultant à Vichy pendant la saison thermale. Un médecin qui a de la clientèle est debout dès l'aube. A six heures du matin, il commence ses visites ; à dix heures il ne les a pas encore terminées.

La première voiture qui, chaque matin, sillonne les rues de Vichy, c'est le coupé d'un docteur. Il passe au grand trot d'un cheval à l'allure rapide ; pas assez vite cependant pour empêcher d'entrevoir, assis sur les coussins, un homme en noir qui écrit sur le genou ou consulte des notes. Suivez des yeux la voiture, vous ne tarderez pas à la voir s'arrêter à la porte d'un hôtel, d'une villa ou d'une maison meublée. En toute hâte l'homme en noir, descendant, se précipitera dans le corridor ; quelques minutes après, il reparaîtra, jettera un ordre au cocher, et la voiture reprendra sa course un instant interrompue. Et vous pourrez, pendant la matinée, trouver ce même équipage aux quatre points cardinaux. Le docteur, le coupé et le cheval ne s'arrêtent que lorsque les cloches des hôtels carillonnent le déjeuner.

Le repas n'est pas fini que déjà les clients affluent dans le salon d'attente. La plaque de cuivre, où est inscrit le nom du médecin, porte cette indication : *Consultations de 1 heure à 4.* Mais ces heures réglementaires ne sont jamais respectées. Les clients, désireux de *poser* le moins possible, arrivent avant midi. Dès lors commence le défilé des malades. Or, les malades sont rarement laconiques dans l'exposition de leurs « misères ». Heureusement que le docteur est au courant de cette petite faiblesse de l'humanité souffrante. Quelques questions bien nettes, bien précises, le mettent au courant de la maladie qu'il s'agit de soigner ou des progrès réalisés dans la cure. De cette façon, les visites ne s'éternisent pas ; mais telle est souvent l'affluence des clients que, seule, la cloche du dîner interrompt les consultations de l'après-midi, comme celle du déjeuner a interrompu les courses du matin.

Et c'est à recommencer le lendemain. Le docteur en vogue ne connaît ni fêtes ni dimanches. On ne comprend pas comment l'activité d'un homme peut suffire à une pareille tâche, comment il ne se produit pas dans son cerveau une confusion, un chaos de personnes, de maladies et de remèdes.

Le cabinet du docteur Précope est assurément un des plus fréquentés de Vichy ; aussi la famille Rabotteau trouva-t-elle, en se présentant, le salon plein de gens qui attendaient leur tour, immobiles dans la demi-obscurité de la pièce.

Ce salon, vaste, mais meublé avec un goût sévère, a quelque chose du silence mystique d'une sacristie. Les lourdes tentures n'y laissent pénétrer qu'un jour discret, à peine suffisant pour permettre de lire les volumes ou les journaux entassés sur un large guéridon qui tient le milieu de la pièce. Tout le long des murs sont disposés des sièges à dossiers sculptés, recouverts d'étoffe sombre. Quelques portraits, saillants sur le fond de la toile, semblent prêts à se détacher du cadre. Ces figures et celles des visiteurs assis là ont la même immobilité, la même gravité, le même aspect pensif et recueilli ; on les confond les unes avec les autres dans la somnolence qui s'empare des esprits, lorsqu'on reste quelque temps dans cette atmosphère imprégnée comme d'une vague odeur de confessionnal.

D'épais tapis amortissent le bruit des pas sur le parquet. Et l'on croirait voir glisser des ombres quand il se produit un mouvement parmi les visiteurs. Si, par hasard, deux malades échangent entre eux quelques paroles, ce n'est jamais qu'à mi-voix, et sur un ton que l'on trouve encore trop bruyant pour le silence de la pièce ; car ils deviennent immédiatement le point de mire de tous les regards.

Rarement on ouvre les journaux et les livres déposés sur la table ; rarement même, on s'assied près du guéridon. Chaque malade, ramassé sur son siège et replié sur lui-même dans le demi-jour des coins, attend patiemment son tour, pensant à lui, absorbé par sa maladie, et partagé entre la crainte et l'espoir du pronostic qui va tomber de la bouche de l'oracle.

La famille Rabotteau était là depuis quelques instants, quand la porte de communication qui donne accès au cabinet du docteur s'ouvrit avec un bruit discret, comme étouffé. Dans l'entrebaillement parut une tête pâle, encadrée d'une barbe courte et de cheveux ras. C'était le docteur Précope.

Aussitôt une personne se leva et, traversant rapidement le salon, se dirigea vers le cabinet. La porte se referma avec le même bruit amorti.

La consultation dura dix minutes environ. A intervalles presque réguliers, la porte s'ouvrait, et de nouveaux malades disparaissaient dans le cabinet du docteur; mais d'autres personnes entraient sans cesse, introduites par un domestique, et prenaient, à leur tour, place sur les sièges restés libres.

Ce n'est qu'après plus d'une heure d'attente que la famille Rabotteau obtint enfin audience.

— Monsieur, commença Simon, nous sommes venus sur la foi de votre grande réputation...

— De quoi souffre Madame? C'est elle qui est malade, n'est-ce pas? interrompit le docteur qui, évidemment, n'avait pas le temps d'écouter des compliments.

— De troubles gastriques.

— Bien. Vous venez d'arriver à Vichy ?

— Non, Monsieur. Depuis quelques jours déjà nous sommes ici ; ma femme a commencé une saison.

— Sans l'avis d'un médecin ?

— Pardon ; elle a consulté le docteur Chabrillac.

— Ah !... Et il s'est produit des complications ?

— Justement. Elle a éprouvé hier deux crises.

— Il faut avant tout que je me rende compte de l'état général de la malade. Mesdames, Monsieur, veuillez vous asseoir.

En parlant ainsi, le docteur était allé prendre sur un meuble un appareil en fer blanc, de trente-cinq à quarante centimètres de hauteur, ayant la forme d'une lanterne, muni sur les côtés de verres mobiles dans une rainure, et, au centre, de deux morceaux de moëlle de sureau réunis en croix, suspendus à la voûte par un fil de coton. Un cadran gradué occupe le bas de l'instrument. Des manchettes disposées à droite et à gauche permettent d'introduire l'avant-bras dans l'appareil par une ouverture que serre· un caoutchouc, afin d'empêcher l'évaporation des dégagements qu'il s'agit de constater.

Le docteur, ayant fait asseoir Mᵐᵉ Rabotteau à une table, l'invita à placer dans les manchettes ses mains bien étendues. Aussitôt les moëlles de sureau commencèrent un mouvement irrégulier, tantôt lent, tantôt rapide, et marqué par des intermittences, de gauche à droite. M. Précope, immobile, son chronomètre à la main, suivait attentivement la marche de l'instrument. Il consigna sur un registre le résultat de ses observations, essuya avec le plus grand soin les verres légèrement ternis par l'humidité des mains, recommença l'expérience, et finalement, en possession de chiffres qui lui permettaient d'établir un rapport mathématique, il fit ses opérations. Voici comment il formula son diagnostic: Evaporation cutanée considérable... Constitution faible... remarquablement faible... Système nerveux très excité... Pas de sang... Voilà pour l'état général.

— Je suis arrivé, Monsieur, continua-t-il en se tournant vers Rabotteau, à déterminer, à l'aide de cet instrument que vous voyez, l'état constitutionnel d'un malade d'une façon absolument rigoureuse. L'observation m'est fournie par une formule mathématique. Je puis analyser les forces physiques d'une personne comme on analyse la composition d'une liqueur, d'une substance. Il m'est dès lors facile, une fois fixé sur la nature du sujet que j'ai à soigner, de choisir les remèdes qui conviennent à sa constitution et d'en déterminer la dose, sans crainte d'erreur. De là vient l'importance que j'attache aux verres gradués et à l'observation exacte des quantités d'eau prescrites... Une fois la cure commencée, je la suis dans toutes ses phases ; j'en constate rigoureusement les progrès ; je tâche de rétablir cet équilibre des forces qui est le but de tout traitement sérieux. J'augmente ou je diminue les doses, d'après les résultats constatés. L'instrument que j'ai entre les mains, par cela même qu'il fournit des indications d'une précision parfaite, supprime les tâtonnements. Voyons maintenant, Madame, les symptômes particuliers du mal dont vous vous plaignez.

Il ausculta Madame Rabotteau longuement, minutieusement. Il la questionna sur ses habitudes, sur son genre de vie, sur le régime qu'elle suivait, etc.

Claire interrogeait anxieusement du regard le docteur qui comprit :

— Rassurez-vous, Mademoiselle, dit-il enfin ; les maladies d'estomac se guérissent très bien à Vichy. Ici, nous sommes en présence d'une dyspepsie compliquée d'une affection nerveuse et de troubles au cœur. La cure demande des soins particuliers. Il vous faut, Madame, ajouta-t-il en s'adressant à la malade, une vie calme, tranquille, exempte d'émotions comme de fatigues. Pas d'émotions surtout... Vous venez de me dire que vous avez éprouvé, hier, deux crises. N'était-ce pas à la suite de quelque contrariété ?

— Mon Dieu, Monsieur le docteur, se hâta de répondre Simon, elle se trouvait avec nous sous les galeries de l'Établissement quand on emporta cet homme... vous savez, ce malade, qui est tombé évanoui. Et je crois, en effet, que l'émotion...

— Oui, ce doit être cela. Monsieur, le rétablissement de la santé de Madame dépend beaucoup de vous. Soignez-la. Veillez sur elle. Épargnez-lui jusqu'à la plus petite contrariété. Ce qui ne serait rien pour une autre peut lui occasionner une crise grave. Elle est dans un état d'impressionnabilité nerveuse qui exige des ménagements inouïs. Je ne saurais trop insister là-dessus... Soyez prudent dans l'usage de l'eau minérale. Je vais, du reste, libeller une ordonnance.

Le docteur prit une feuille de papier blanc, et griffonna quelques lignes qu'il remit à Rabotteau.

— N'oubliez pas mes recommandations, dit-il encore, en accompagnant ses clients jusqu'à la porte du cabinet qui s'ouvre sur le couloir. Je ne saurais trop insister là-dessus. Revenez me voir dans quelques jours. S'il se produisait une complication, ne manquez pas de m'en informer. Mais il ne s'en produira pas, si mes instructions sont suivies à la lettre. Ayez courage, Madame, et confiance !

Ce jour-là, M. Rabotteau se promit bien de ne plus remettre les pieds à la villa de Chypre.

VIII

Les crises éprouvées par Mme Rabotteau n'avaient pas eu de suite. Le docteur Précope les avait très justement appelées un accident. Tout, maintenant, avait repris l'allure calme de la vie de famille que son mari et sa fille lui avaient arrangée à l'hôtel. Simon ne la quittait presque plus : il avait redoublé pour elle de prévenances et de soins.

Claire, heureuse de ce retour de tendresse, avait retrouvé toute sa vivacité. Elle cherchait, à force de confiance, à rallumer une lueur d'espoir dans le cœur de la malade, et y

réussissait. Le docteur, tout en signalant les
dangers de la situation, avait été encourageant.
Il attendait tout des Eaux de Vichy, et les cures
obtenues par lui, à diverses reprises, dans des
conditions plus défavorables encore, étaient là
pour prouver qu'il ne fallait jamais désespérer.
Peu à peu, Mme Rabotteau se sentit gagnée par
cet espoir. Comme tous les malades, elle ne
renonçait pas facilement à la vie. Bien qu'elle
eût l'habitude de répondre aux encouragements
par un sourire triste accompagné d'un hoche-
ment de tête, il y avait au plus profond d'elle-
même un rayon qui ne s'éteignait pas, qui ne
demandait qu'à se raviver dans la tiède atmosphère d'amour, de soins et de tendresses dont
elle était enveloppée.

Rabotteau n'était plus retourné chez Francesca. Toutefois, en pensant à Mme Seyghine,
il ressentait encore au cœur comme la sensation d'une brûlure. Il lui avait fallu un violent
effort de volonté pour résister à l'entraînement
qui l'attirait vers cette femme, pour ne point
chercher à la revoir. Il avait appelé à son aide
l'attachement sincère qu'il éprouvait pour

Mᵐᵉ Rabotteau ; et la scène dont il avait été témoin, à son retour de la villa de Chypre, n'avait pas peu contribué à l'affermir dans sa résolution d'épargner à la malade toute émotion pénible. Enfin, les recommandations du docteur étaient présentes à son esprit. Il se serait reproché comme un crime le renouvellement, par sa faute, d'une de ces crises douloureuses dont il connaissait le danger.

Une chose l'étonnait : c'est de n'avoir aperçu, depuis la soirée passée chez Francesca, ni Michel Seyghine ni sa femme. Il avait sur la conscience l'argent gagné au jeu et la promesse de revanche faite à son adversaire. Cet argent, qu'il n'avait pas avoué à Mᵐᵉ Rabotteau, lui brûlait la poche ; il ne savait qu'en faire. Bien résolu à ne pas remettre les pieds à la villa de Chypre, il aurait voulu pouvoir le restituer, sous une forme quelconque. Il lui semblait qu'il l'avait volé.

Il espérait toujours qu'une circonstance favorable lui permettrait de régler sa situation à l'égard de la société où Seyghine l'avait introduit. On comprendra ce sentiment, si l'on réfléchit que Rabotteau avait derrière lui toute une vie de probité exacte et de scrupuleuse honorabilité.

William Davis, depuis la scène du bal du Casino, montrait à Claire une réserve dont la jeune fille lui savait gré. Cette conduite attestait chez l'Américain un tact, une délicatesse dont elle appréciait le mérite. La nature de leurs rapports avait changé : à l'espèce de familiarité amicale des premiers jours avait succédé une discrétion qui, sans être cérémonieuse, témoignait chez l'un et l'autre de sentiments plus graves.

Claire n'avait pas jugé à propos de faire part à ses parents de la déclaration de William. Ce n'était point, de sa part, manque de confiance : elle était incapable d'une cachotterie vis-à-vis de sa mère ; mais la réponse qu'elle avait faite à l'Américain était l'expression exacte de ses sentiments. Or, ces sentiments ne lui paraissaient pas de nature à servir de base à des projets quelconques. William, de son côté, n'avait pas été encouragé par la réponse de Claire à tenter, près de sa famille, des démarches qui auraient eu, pour le moins, le tort d'être prématurées. L'attitude qu'il avait prise vis-à-vis de la jeune fille était donc la seule correcte.

Il vivait assez près de la famille Rabotteau pour ne pas être complètement étranger à ce qui se passait dans son sein. La conduite de l'ancien marchand de céréales endormit les soupçons qu'il avait conçus au sujet de Seyghine ; la façon ouverte dont le Russe l'aborda un soir au Casino acheva de détruire en lui toute arrière-pensée, et de le réconcilier avec lui-même.

Toutefois, William n'avait pas retrouvé sa tranquillité d'autrefois. William n'était plus gai. William avait maintenant des allures de beau ténébreux. Il recherchait la solitude ; il s'enfonçait rêveur sous les ombrages. Il ne paraissait plus au cercle. Il déclinait les parties de plaisir qui lui étaient proposées. « C'est sérieux, décidément », avait-il dit un jour en pensant à Claire Rabotteau. Oui, bien plus sérieux même qu'il ne se l'imaginait alors. La preuve, c'est qu'il en perdait l'appétit et le sommeil.

Pauvre garçon ! Longtemps il avait traité légèrement l'amour ; l'amour, à la fin, se vengeait.

Depuis quelque temps, on parlait beaucoup des succès obtenus à l'Eden-Théâtre par deux jeunes gymnasiarques américaines, les sœurs Fulgence, dont la grâce et la souplesse, disait-on, étaient merveilleuses. Tout l'hôtel était allé les voir, et chacun était revenu enthousiasmé. Zéphyrin Nuageux avait composé en leur honneur un nombre considérable de strophes où il les comparait aux oiseaux, aux papillons, à tout ce qu'il y a de plus léger et de plus brillant dans la nature. M. Autrejacque lui-même était revenu de la représentation, rêveur, comme si ces exercices aériens avaient rehaussé la femme dans son estime de célibataire endurci. Bref, toute la compagnie, à table d'hôte, éclatait en expressions unanimes d'admiration ; et la famille Rabotteau résolut de profiter de la dernière représentation des sœurs Fulgence, qui devait avoir lieu le lendemain.

Mme Rabotteau elle-même, gagnée par la curiosité, ne se fit pas prier pour y accompagner son mari et sa fille.

Ils arrivèrent au moment où s'achevait une étourdissante conférence sur le divorce, par Mme Bonnaire. Précisément, une pancarte, hissée sur un des côtés de la scène, annonçait les sœurs Fulgence. En effet, après cinq minutes d'entr'acte, les jeunes gymnasiarques parurent, la main dans la main, brunes toutes deux, moulées comme des Vénus, légères comme des hirondelles. Jamais Zéphyrin Nuageux n'avait multiplié plus à propos, dans ses vers, les comparaisons et les hyperboles qu'en exaltant l'agilité de ces charmantes femmes.

Au milieu d'un tonnerre de bravos, elles s'élancèrent à l'assaut des trapèzes suspendus aux frises. En un clin d'œil, elles eurent grimpé, le long des cordes, jusqu'aux barres sur lesquelles devaient avoir lieu leurs périlleux exercices.

Rien de gracieux comme ces deux corps de femmes, suspendus, enlacés, glissant l'un sur l'autre, s'enroulant l'un à l'autre avec des

mouvements de couleuvres. Les bravos semblaient animer les artistes et doubler leurs
moyens. Elles étaient merveilleuses d'élasticité,
d'élégance, d'agilité et de force. L'enthousiasme
de la salle montait, de plus en plus grisant.
Dans cette représentation, qui devait clôturer
la série, les jeunes femmes avaient à cœur de
se surpasser.

Tout-à-coup la plus jeune, se suspendant
à la barre de son trapèze, les poignets
tendus, les muscles saillants, le corps droit,
s'élance dans l'espace, en imprimant à l'appareil
un élan qui l'entraîne, par dessus la tête des
spectateurs, jusqu'aux frises de la partie
opposée de la salle. Ramenée aussitôt par le
mouvement de balancier, elle se raidit un instant, se détache, comme un ressort d'acier, de la
barre d'appui, et, franchissant un espace de
deux mètres, va tomber entre les mains de
l'autre jeune femme qui, suspendue la tête en
bas, lui saisit les poignets par un mouvement
rapide, l'arrêtant dans sa chute.

Un tonnerre de bravos éclata dans la salle.

Les applaudissements duraient encore, qu'avec une audace croissante, les deux sœurs recommençaient cet exercice, le compliquant de difficultés nouvelles. Une troisième épreuve faillit être funeste.

La chaleur était étouffante : le corps des deux gymnasiarques ruisselait de sueur. A la suite du bond périlleux décrit plus haut, leurs mains moites se rencontrèrent sans réussir à se saisir. Une crispation d'une suprême énergie ne put empêcher la chute de l'intrépide jeune femme qui, tout-à-l'heure, se balançait si légèrement dans l'espace. Un cri se fit entendre : l'artiste était tombée dans le filet...

Quelques personnes fermèrent les yeux. Seule, Miss Fulgence n'eut point peur. Après s'être agitée un instant dans le filet avec des tortillements de couleuvre, elle recommença, malgré une légère blessure à la main, l'ascension des cordes du trapèze au haut duquel sa sœur l'attendait. La salle haletante criait : « Non ! non ! Assez !... » Elle semblait ne rien entendre. Plus agile que jamais, avec une hardiesse qui tenait de la témérité, elle se lança de nouveau dans l'espace et, cette fois, exécuta avec autant de bonheur que d'éclat le dangereux exercice. Les cris de « assez ! assez ! » se changèrent en un hourrah frénétique.

Un instant après, les deux sœurs étaient près de la rampe, souriantes, la blessée ayant un mouchoir enroulé autour de sa main... On les rappela cinq ou six fois. On leur jeta des bouquets. On leur fit une ovation dont elles paraissaient très touchées, malgré leur habitude des émotions de la scène.

Une grande agitation et une longue rumeur suivirent cet accident.

Un spectacle de ce genre ne pouvait manquer d'émotionner douloureusement Mme Rabotteau, qui quitta la salle, en compagnie de sa fille et de son mari, pour regagner l'hôtel. Là, dans le vestibule, ils rencontrèrent M. de la Praga, l'Espagnol, qui se préparait à aller à l'Eden voir la troupe Zengo. M. de la Praga ramena au théâtre Simon qui, rassuré sur l'état de sa femme, désirait assister aux exercices des vélocipédistes. Claire voulut absolument rester près de sa mère.

En rentrant dans la salle, l'ancien marchand de grains se trouva face à face avec Seyghine, Nina et l'ex-boursicotier Potence.

Il ressentit comme un coup au cœur et s'arrêta net, pendant que Seyghine, les mains étendues, s'avançait vivement vers lui, en disant :

— Ah! mon cher Monsieur, quel heureux hasard!...

Il lui serrait la main, comme à un vieil ami, avec effusion, tandis que Rabotteau s'inclinait devant Nina.

— Nous vous croyions disparu, perdu, enlevé, évanoui... Ah! ça, que diable devenez-vous donc, pour qu'on vous perde de vue ainsi pendant quatre grands jours?

— Mais, que devenez-vous vous-même? demanda Rabotteau, pendant que M. de la Praga s'éloignait par discrétion. On ne vous aperçoit ni aux sources, ni aux concerts, ni au théâtre...

— C'est que vous êtes lancé dans toutes les distractions de la vie thermale, tandis que Mᵐᵉ Seyghine et moi, nous menons une existence un peu cloîtrée dans notre villa... Vous êtes ici avec votre famille, sans doute?

— Elle vient de me quitter. La chute de cette pauvre artiste a vivement impressionné ma femme. Nous l'avons reconduite à l'hôtel, et Claire a voulu rester pour la soigner, au besoin.

— Ah! ça, demanda Mme Seyghine, qu'est-il donc arrivé? Nous ne sommes ici que depuis un instant. Nous ne savons rien. La salle a l'air vivement émotionnée. Une artiste est tombée, dites-vous?

Rabotteau raconta la scène.

— Oh! dit Potence, ricanant, ce ne sera rien. Ces saltimbanques, voyez-vous, ça tombe comme les chats, toujours sur les pattes.

Le mot de saltimbanque sonnait si bien et si à propos dans cette circonstance, qu'un Monsieur, assis devant le groupe, se retourna brusquement.

A sa vue, Potence tressaillit; mais, reprenant son imperturbable aplomb, il allait adresser la parole à ce personnage qui, sans doute, n'était pas pour lui un inconnu, quand il fut cloué à sa place par ces mots, qu'un bégaiement prononcé n'empêchait pas d'être significatifs :

— Tous les sâ-â-altimbanques ne sont pas su-u-ur les planches.

Rabotteau ne comprit pas pleinement la portée de cette apostrophe ; mais les personnages avec lesquels il s'entretenait en furent visiblement troublés. Ils échangèrent un coup d'œil. Nina elle-même, toujours si maîtresse de ses impressions, pâlit légèrement.

— Voilà, ce me semble, une impertinence, fit observer Rabotteau ; vous connaissez ce Monsieur ?

L'étranger, qui avait entendu la question de l'ancien marchand de grains, le regardait avec cette expression particulière des gens qui ont quelque chose à dire, sans savoir comment s'y prendre pour engager la conversation.

Seyghine s'en aperçut, et, prenant Rabotteau par le bras, entraîna ses interlocuteurs.

— Jamais je ne l'ai vu, dit-il à Simon, en exagérant encore le flegme de sa parole et de son geste. C'est peut-être un admirateur de la blessée, et le mot de saltimbanque... Vous auriez pu mieux choisir votre expression, Potence, ajouta-t-il d'un ton moitié badin, moitié sérieux.

— Le fait est, Monsieur, ajouta Rabotteau, que c'est une charmante et intrépide femme dont il ne convient pas de parler avec mépris. La salle entière lui a fait une ovation.

Potence, que ces délicatesses ne touchaient point, leva imperceptiblement les épaules. Nina, préoccupée, les sourcils froncés, ne disait mot. Rabotteau fut frappé de l'expression dure, presque farouche de son visage.

La sonnette annonça le lever du rideau.

Il se fit dans la salle un grand mouvement de personnes reprenant leurs places.

Rabotteau chercha des yeux M. de la Praga qu'il vit en conversation, dans le fond du théâtre, avec deux compatriotes. Il jugea inutile d'aller le rejoindre, et s'assit, avec Seyghine, Nina et Potence, à l'orchestre, en face de la scène.

Les Zengo avaient fait leur apparition sur leurs vélocipèdes, tournant, dans l'espace restreint dont ils disposaient, avec une surprenante adresse. Cette troupe se composait de quatre jeunes femmes en maillot noir, en tunique pailletée serrée aux cuisses; et d'un robuste gaillard brun, à fine moustache, en costume de jockey, casquette à grande visière, pantalon collant, hautes bottes et casaque en soie galonnée d'or.

Tous ces vélocipédistes maniaient leurs véhicules avec une sûreté dont l'écuyer le plus accompli ne saurait approcher avec le cheval le mieux dressé. Les vélocipèdes ralentissaient leur course, redoublaient de vitesse, s'entrecroisaient, l'essieu rasant l'essieu, décrivaient une foule de figures plus hardies les unes que les autres, s'arrêtaient net ; puis reprenaient leur allure aussi capricieuse que savante, surmontant toutes les difficultés, défiant tous les obstacles, étourdissants, prodigieux.

Tout-à-coup ils disparaissent les uns après les autres dans les coulisses, et un bébé de trois à quatre ans, blond, les cheveux bouclés, sa petite figure pâle très attentive, paraît à son tour sur un vélocipède approprié à sa taille. Il avait une robe blanche avec des nœuds bleus,

une ceinture bleue également, les jambes et les
bras nus. Il commença aussitôt à tourner
autour de bouquets artificiels que le chef des
Zengo avait plantés de distance en distance,
sur la scène. Ses petites jambes imprimaient
un mouvement tantôt rapide, tantôt ralenti et
cadencé au vélocipède qui obéissait, docile, à
ses moindres caprices. Puis, le petit homme
parcourut lentement le front de la scène,
envoyant des baisers au public qui souriait en
battant des mains On fit tomber près de lui
une pluie de dragées et d'oranges. A cette vue,
l'enfant sauta de son vélocipède, ramassa vivement les friandises, remercia en portant la
main à sa bouche, et disparut en courant dans
les coulisses.

— Quel gentil gamin! s'écria Nina en applau-
dissant de ses mains gantées.

— On croirait, ajouta Rabotteau, qu'il est
venu au monde à cheval sur son vélocipède.

Déjà la troupe entière avait reparu : le chef
des Zengo tournant seul, les femmes debout,
la taille et les jambes admirables, au fond du
théâtre. D'un bond, les unes après les autres,

elles s'élancèrent sur son dos, se groupant, formant un tableau vivant du plus gracieux effet ; tandis que lui, ferme sur son vélocipède, continuait sa course ralentie, mais non arrêtée par le poids. Tout le monde applaudit. La toile tomba.

Un grand nombre de spectateurs s'assirent aux tables du café en attendant le ballet. D'autres sortirent dans le jardin ou se promenèrent dans le vaste vestibule du théâtre.

Michel offrit une consommation. Rabotteau s'excusa ; Potence accepta. Potence acceptait toujours.

Du reste, ils avaient probablement besoin d'échanger quelques impressions, car à peine furent-ils assis que Seyghine, allumant un cigare, demanda d'un ton d'indifférence trop marqué pour ne pas être joué :

— Qu'a donc Ménégot ?

Sans doute, Potence avait, présente à l'esprit, la même pensée ; car il répondit :

— J'allais vous le demander.

— Je ne sais pas, moi, dit nonchalamment Seyghine. On m'a dit qu'il y avait eu une histoire, une algarade... Le général vous a quittés ?

— Oui.

— Et Ménégot était avec lui quand la chose est arrivée ?

— Juste.

— Oui ; Nina m'a dit cela. Ménégot n'a plus remis les pieds chez ·Francesca depuis cet esclandre ?

— Je ne l'ai plus revu.

— Or, la manière dont il vient de renouer connaissance avec nous, ne prouve pas chez lui des intentions extraordinairement amicales. Il y a quelque chose... Vous ferez bien de veiller, Potence. Ouvrez l'œil sur vos agents, mon ami. Ce Flavio est d'une fougue !... Il devrait pourtant savoir, ce garçon-là, le proverbe italien : *Chi va piano...*

— *Va sano.* Je le lui ai dit. Je le lui ai répété. Enfin, maintenant, demanda Potence, en s'accoudant sur la table pour rapprocher sa figure de celle de Michel, et en baissant la voix, que faut-il faire ?

— Rien. Veiller. Du côté de ces messieurs,
la corde est usée, évidemment. Inutile d'essayer
de les ramener. Jouez serré, voilà tout. Pas
d'imprudence.

Voilà un brave homme, ajouta-t-il après un
silence, en désignant Rabotteau d'un geste
discret, que Nina est en train de nous rabattre.
Piquez le poisson, de peur qu'il n'échappe ;
mais soyez adroit. Ne précipitez rien. Vous
m'entendez : Ne précipitez rien.

— Compris.

Nina, restée seule avec Rabotteau, avait
repris cet air aimable et ce sourire qui avaient
si profondément troublé l'ancien marchand de
céréales.

— Pendant que ces Messieurs ne sont pas là,
dit-elle, je vais vite m'acquitter d'une commission dont Mme Ramazzi m'a chargée pour vous.
J'ai à vous faire, de sa part, les reproches les
plus graves pour...

— Oh ! interrompit Rabotteau, veuillez présenter mes excuses à votre amie, je vous prie.
Madame Rabotteau a été souffrante, et je n'ai
pu m'absenter. Mais, un de ces soirs, j'espère...

— Quand ? demanda à brûle-pourpoint l'Italienne.

Il y avait, dans sa voix, comme un frémissement. Rabotteau leva les yeux. Leurs regards se croisèrent. Le brave homme crut sentir le choc d'une étincelle électrique. Sa passion lui revenait comme un flot, chauffant son cerveau, brûlant son sang, faisant courir sur sa peau un long et violent frisson. Ses idées, de nouveau, tournoyèrent. Toutes ses résolutions s'évanouirent.

— Quand ? répéta Nina. Et sa voix, à cette seconde interrogation, avait pris une intonation musicale, caressante. Rabotteau ne put résister davantage.

— Demain, répondit-il.

Et, comme ces messieurs s'approchaient, il ajouta, en se tournant vers Potence :

— D'ailleurs, je dois une revanche à Monsieur.

— Oh ! Monsieur, protesta Potence, ce n'était pas pressé. Je vous en aurais fait crédit tout le temps que vous auriez voulu.

Le rideau venait de se lever sur un divertissement de Holtzer. Il y avait sur la scène une trentaine de danseuses, à la tête desquelles brillaient deux ou trois premiers sujets. Potence, à cette apparition, avait oublié les préoccupations éveillées en lui par la vue et les paroles de Ménégot. Après s'être voluptueusement enfoncé dans son fauteuil, avec le mouvement d'un homme qui désire se recueillir, il était tombé en arrêt devant les maillots. Des maillots chair ! Le paradis de Mahomet s'entr'ouvrait !... Les houris n'étaient pas toutes également affriolantes ; mais ce qui intéressait l'ancien boursicotier, c'étaient les jambes. Devant une jambe de danseuse, Potence tombait en extase. Il était là, ses grosses mains croisées sur son ventre, les yeux luisants et bridés, les narines gonflées et battantes. De temps à autre, il passait la langue sur ses lèvres lippues, avec un claquement de délectation. Il nageait en pleine félicité.

Michel causait avec Monsieur Rabotteau.

— Une excellente idée, dit Simon, que la création de ce théâtre. Les représentations du Casino peuvent devenir fatigantes, à la longue, et on est charmé de venir ici, de temps en temps, passer une soirée ; d'autant plus que ce spectacle coupé plait par sa variété sans absorber l'attention.

— Ajoutez à cela, compléta Seyghine, les agréments du jardin, qui fait, pour ainsi dire, partie du théâtre lui-même. Pendant les belles soirées, on peut, du dehors, par les portes ouvertes, entendre la voix et suivre le jeu des artistes. Du reste, voyez comme tout cela est habilement et largement aménagé. Un promenoir circulaire permet aux spectateurs de changer de place, sans le moindre dérangement pour leurs voisins. Quant aux sujets engagés par l'administration, vous avez pu juger de leur force.

Le ballet finissait, au grand déplaisir de Potence qui avait remarqué, dans le tas, un maillot plus rebondi, plus ferme de formes et plus fin d'attaches que les autres. En levant les yeux, il s'était aperçu que ce maillot était surmonté d'une tête brune frisottée, qui souriait beaucoup parce qu'elle avait à montrer de jolies dents. Le petit air provoquant de cette tête brune lui plut tout de suite autant que le reste et, comme c'était un premier sujet, il chercha le nom sur le programme.

La toile tomba sur une retraite de Ferraud.

Comme on sortait, un homme, près de la porte du vestibule, avait l'air de chercher des yeux quelqu'un.

Quand Seyghine l'aperçut, il imprima une vive poussée à la foule qui se pressait pour sortir, et la personne en question fut emportée par le flot.

C'était Ménégot, le bègue.

Peut-être voulait-il adresser la parole à Rabotteau. Telle fut, du moins, la pensée qui s'offrit à l'esprit du Slave.

Quoi qu'il en soit, un instant après, les trois hommes se trouvaient dans la rue Lucas, devant le théâtre, près de la cage vitrée de la source.

Ils échangèrent des poignées de main ; puis Potence disparut dans la direction des coulisses.

A son tour, Nina présenta à Rabotteau sa main gantée. Le bonhomme la prit et crut sentir une pression.

— A demain, Monsieur, dit l'Italienne, pendant que Michel lui présentait une riche sortie de théâtre en peluche crème. Chez Francesca. Je vous annoncerai.

— A demain, Madame, répéta Rabotteau, ivre, la tête en feu.

IX

On se rappelle que J. Potence, à la suite de la soirée passée chez Francesca par Simon Rabotteau, s'était frotté les mains en s'écriant que le poisson était amorcé.

Grande fut donc sa stupéfaction quand il constata, le lendemain, que le poisson, tout amorcé qu'il le supposait, ne reparaissait pas. Ce fut pis encore le surlendemain. Nina seule et Seyghine ne perdirent pas confiance ; seulement on résolut d'être prudent, de ne rien brusquer, de ne pas relancer le gibier avec une hâte qui pourrait lui sembler suspecte, et d'attendre tout bonnement une occasion offerte par le hasard pour remettre la main dessus. Une fois ou deux, Rabotteau fut aperçu, aux sources ou dans le parc, par Michel et Nina ; mais il était alors en compagnie de sa famille, et les deux complices se gardèrent bien de l'aborder. La rencontre de l'Eden leur fournit l'occasion qu'ils guettaient : on a vu comment un tête-à-tête habilement ménagé entre Rabotteau et Nina, par Seyghine et Potence, avait remis l'ancien négociant, pieds et mains liés, entre les griffes de l'Italienne.

Le lendemain, vers neuf heures, Rabotteau se présenta chez Francesca. Elle avait été prévenue, et reçut son visiteur avec l'empressement d'une maîtresse de maison charmée de revoir un hôte qui lui est particulièrement sympathique. Ces dames furent également on ne peut plus aimables pour Rabotteau. La Juive, ayant sans doute appris quelques particularités sur la situation de fortune du bonhomme, se montra très jalouse de lui plaire. Ondine Floretta mit en évidence son petit pied, dont un bas de soie gris moulait la cambrure, et joua de l'éventail avec une adorable coquetterie. Quant à la petite Jeanne, elle lui fit une révérence qu'elle avait la prétention de rendre très cérémonieuse, puis courut se remettre au piano. Mme Ramazzi l'avait fait asseoir à côté d'elle, et lui adressait de doux reproches que Rabotteau recevait en s'excusant.

— C'est égal, conclut Francesca, puisque vous voilà, je vous pardonne. Mais une autre fois, ne nous faites plus d'infidélités... Nous avons un nouvel ami à vous présenter : M. Landau, ancien industriel, un homme charmant. Et gai !... Eh ! mais, où donc est-il ? Je ne l'aperçois pas.

— Pardine ! dit Jeanne Chagot, c'est M. Potence qui l'accapare.

— Encore les cartes ! M. Seyghino a raison ; il faudra que je condamne le petit salon, si nous voulons garder près de nous ces Messieurs. J'espère que vous n'allez pas jouer ce soir, Monsieur Rabotteau.

— C'est que je dois une revanche à M. Potence et que j'ai hâte de payer mes dettes.

— Bah ! dit Seyghine, laissez donc. Vous avez gagné deux cents louis à Potence, il en a gagné trois cents avant-hier au comte. Si vous voulez m'en croire, mon cher Monsieur Rabotteau, vous en resterez là. Défiez-vous des sourires de la Fortune ; ne jouez plus.

— Oh ! je ne tiens pas absolument à gagner, reprit Rabotteau. Je suis un pauvre joueur, moi. L'argent que je gagne m'embarrasse, et celui que je perds m'ennuie. C'est égal, je tiens à m'acquitter envers M. Potence. Et quand il sera libre...

— Ah ! bonjour, Monsieur, bonjour. Enchanté de vous voir !

C'était le comte Ruffopoulos qui venait de sortir du petit salon et qui, s'étant avancé vers Rabotteau, lui serrait vigoureusement les deux mains... Pas de chance, ce soir, ce pauvre Potence. Brillants débuts, Monsieur Landau, très brillants débuts. Oh ! Potence a là, en tête, un rude joûteur. Il ne ferait pas mal d'abandonner la partie.

— Combien perd-il ? demanda Francesca.

— Mais quelque chose comme cinquante louis, en trois tours de cartes.

Précisément, la porte du petit salon, entr'ouverte, laissait arriver les éclats de voix joyeux d'un homme entre deux âges, chauve, rond, remuant, qui était attablé en face de Potence. Il avait la veine loquace et le bonheur exubérant. Chaque nouveau coup de cartes heureux déterminait chez lui un accès de gaieté dont toute la maison retentissait. En face, Potence, les joues gonflées, jouait la comédie de la mauvaise humeur ; mais il jubilait intérieurement d'avoir mis la main sur un échantillon aussi parfait du joueur naïf. Avec celui-là, au moins, pas besoin de calculs, de combinaisons ; tout marcherait tout seul.

— Et de six, s'écria le petit homme, de sa voix de cuivre. A combien la mise ?

— Je ne mise plus, répondit Potence ; j'en ai assez.

— A votre aise, Monsieur, ça n'est pas encourageant, je le conçois... Et il se frottait les mains en enfonçant sa tête dans ses épaules, comme pour se ramasser dans la plénitude de sa satisfaction. Enfin, quand vous voudrez recommencer, ne vous gênez pas, je suis votre homme.

— J'y compte, Monsieur.

Potence se leva de table et, suivi de son adversaire, rentra dans le salon.

Francesca, en apercevant ce dernier, s'approcha et lui présenta l'ancien marchand de céréales :

— Monsieur Rabotteau, un de nos meilleurs amis.

Puis, se tournant vers Rabotteau :

— Monsieur Landau, dont j'avais l'honneur de vous entretenir tout-à-l'heure.

Les deux hommes s'inclinèrent.

Francesca continua, s'adressant à Landau :

— Il paraît, Monsieur, que vous venez de battre M. Potence. Mes félicitations. Cela lui apprendra à nous enlever nos amis pour les installer à une table de jeu. Si cela pouvait le corriger du moins !... Mais il a déjà reçu l'autre jour une leçon de M. Rabotteau...

— Qui lui doit une revanche, compléta l'ancien négociant, et qui était venu avec l'intention

de la lui offrir. Mais je crains, Monsieur, ajouta-
t-il en se tournant vers Potence, que ce ne soit
pas le moment...

— Au contraire, Monsieur, interrompit l'ancien tripoteur d'affaires ; cela rompra le charme.
Je n'étais pas en veine avec Monsieur, je serai
peut-être plus heureux avec vous. J'accepte,
j'accepte votre proposition ; et si vous voulez
bien...

D'un geste, il invita son interlocuteur à
passer dans le petit salon. Le comte, Michel et
Nina suivirent les deux adversaires.

M. Landau, radieux de sa veine inespérée,
faisant sonner l'or dans ses poches, expansif,
tout en dehors, lutinait ces dames.

Il s'était jeté sur un canapé et voulait attirer
Jeanne sur ses genoux.

— Vous allez me laisser tranquille, hein ?
dit la jolie fille en se tournant vers lui, la
figure toute rouge de colère.

Landau partit d'un grand éclat de rire.

— Tudieu ! ma petite, vous êtes adorable
comme ça... Quels yeux ! Je donnerais la moitié

7

de ce que je viens de gagner pour les contempler d'un peu plus près.

— Et moi, je vous prie de vous tenir un peu plus loin. Vous m'entendez ?...

Comme Landau continuait à vouloir lui prendre la taille.

— Ah ! mais, il manque complètement de tenue, ce Monsieur-là ! Est-ce que vous vous croyez ici dans un cabaret ?... Vous allez me ficher la paix, vous savez ; ou je gifle.

— Comment ! ma petite, si cruelle que ça ?

— Dame ! Monsieur, faut me plaire d'abord. Et vous ne me plaisez pas du tout, vous, avec vos manières. J'aime les messieurs timides.

La gaieté de Landau redoubla.

Jeanne était furieuse.

— Oui, timides... Tenez, comme ce Monsieur qui joue là-dedans avec M. Potence. En voilà un qui sait se tenir, au moins. Il est poli, celui-là ! Je ne vous connais pas, vous ; et vous venez me pincer la taille ! Je déteste qu'on me manque de respect. Tenez-vous le pour dit.

Landau ne savait trop s'il devait rire ou se fâcher, et Francesca commençait à s'alarmer

de la tournure que prenait l'affaire, quand les
yeux du petit homme rencontrèrent les chairs
débordantes, largement épanouies d'Irma
Vivant. Cela changea le cours de ses idées;
car, laissant de côté la gamine qui accueillait
d'une si étrange façon ses galanteries, il se
rabattit sur les superbes épaules de la grosse
blonde qui ne montrait pas la même suscepti-
bilité. Elle riait de son large rire niais à
chacune des bêtises que Landau lui débitait à
l'oreille, et cela faisait sauter sa gorge que le
petit homme contemplait en louchant. Il
demanda du champagne.

— A la bonne heure! s'écria Jeanne, en
entendant prononcer ce mot, voilà que vous
commencez à être gentil.

Dans le petit salon, Rabotteau perdait. Nous
avons vu que Potence était résolu à changer de
tactique et que Seyghine lui avait recommandé
d'accrocher, l'appât n'étant pas sûr. Il venait
de ferrer Rabotteau par un coup habilement
combiné, de sorte que, sans savoir comment,
Simon se trouvait avoir perdu non-seulement
la somme qu'il avait gagnée quelques jours

auparavant, mais encore une cinquantaine de
louis en plus. Un vrai tour de passe-passe.
Maintenant son adversaire le tenait. Potence
savait qu'une fois en perte, Rabotteau jouerait
pour se rattraper, et il était bien décidé à ne
pas lui laisser reprendre le dessus. Il l'amusa
en lui abandonnant quelques parties, puis enfin
l'écrasa par cinq ou six coups décisifs qui
mirent, ce soir-là, le pauvre Rabotteau en
déficit de cinq billets de mille.

Ce n'était pas plus un beau joueur qu'un
bon joueur que M. Rabotteau. Dans sa sous-
préfecture, il n'avait jamais jeté plus de cinq
francs à la fois sur une table de jeu. L'écart
entre cent sous et deux cent cinquante louis
était assez considérable pour lui donner des
émotions. La présence de Nina achevait de le
troubler. A la fin, il s'emballa et, si Potence avait
voulu le suivre, nul ne sait où il se serait arrêté.

Michel, qui suivait son jeu, lui dit :

— Vous n'êtes pas heureux ce soir, mon
cher Monsieur ; ne vous obstinez pas contre la
déveine. Croyez-moi, laissez cela. Vous pren-
drez votre revanche demain.

Rabotteau parut sortir d'un rêve. Il resta un instant sans répondre, puis jeta ses cartes :

— Vous avez raison, dit-il.

Il se leva, regardant sa montre : il était une heure du matin. Il prit son pardessus pour sortir.

— Comment ! sitôt ! s'écria Mᵐᵉ Ramazzi.

— Serez-vous des nôtres demain ? demanda Nina.

— Oui, Madame.

— Monsieur, ajouta Potence, vous avez eu la galanterie de m'offrir une revanche, quand vous m'avez battu ; je ne puis moins faire, aujourd'hui que la fortune m'a été favorable, que de me mettre à votre disposition, quand il vous plaira...

— Mais demain, Monsieur, s'il vous plaît, répondit Rabotteau.

Dans le salon voisin, on avait improvisé un souper, dont Landau, naturellement, payait les frais.

En entrant dans cette pièce, Simon aperçut l'ancien manufacturier qui, une coupe de champagne à la main, le pied trébuchant et la langue épaisse, s'avançait vers lui :

— Permettez, Monsieur... Vous avez perdu, à ce qu'on m'a dit... Moi, j'ai gagné... L'un gagne, l'autre perd ; c'est la vie... Aujourd'hui, moi ; demain, vous.

L'ivresse lui donnait de la philosophie. Il continua :

— Voulez-vous me faire l'amitié de trinquer avec moi ?

— Merci, Monsieur, répondit Rabotteau presque brutalement, en secouant la tête.

Landau, debout devant lui, sa coupe toujours à la main, titubait. Les oscillations de son corps et de son bras imprimaient au champagne de violentes secousses : la liqueur arrosait le tapis.

Il bredouillait, luttant vainement contre la paralysie envahissante de sa langue :

— Vous ne voulez pas ? C'est juste ; vous avez perdu... J'oubliais... Si j'avais perdu, moi aussi, je serais probablement...

Il ne put achever. Un hoquet lui coupa net la parole. Enfin, levant les bras :

Vive la joie ! éructa-t-il. Vive l'amour !

Puis il s'abattit sur un fauteuil.

Ah! se dit Rabotteau en fuyant comme s'il fût sorti d'une fournaise, si je puis rentrer dans mes cinq mille francs !...

Mais il comptait sans la bande de filous qui avait résolu de le pressurer sans pitié. Le lendemain, le surlendemain il perdit encore deux cents louis. Cette persistante déveine — il avait la naïveté de croire à une déveine — l'exaspéra. Il y mettait l'entêtement qui signale les inexpérimentés.

D'ailleurs, à son insu, il devenait joueur. Ce n'est pas impunément qu'on touche aux cartes. Il commençait à trouver un âcre plaisir dans l'ivresse du jeu. Ces émotions, cette fièvre semblaient ouvrir en lui de nouvelles sources de vie. Les alternatives de pertes et de gains lui causaient des sensations violentes, jusque-là inconnues. Il ne voulait pas se l'avouer; mais il attendait avec impatience l'heure de prendre place à cette table, en face de son adversaire attitré, Potenco. Son âme se grisait de cette âpre lutte contre la Fortune obstinée à le trahir.

Un matin, après une grosse perte, il prit une forte somme aux bureaux de la Société Générale, sur laquelle il avait une lettre de crédit et, le soir venu, se présenta chez Mme Ramazzi avec l'intention de doubler ses enjeux jusqu'à lasser la déveine. Potence, à qui Michel avait recommandé la prudence, crut qu'il serait de bonne guerre de lui rendre un peu d'espoir. Il manœuvra avec une habileté consommée, jouant avec Rabotteau comme un chat avec une souris, avant de l'étrangler. A plusieurs reprises, le pauvre homme crut toucher au but. La guigne semblait décidément conjurée, puis un coup de cartes renversait toutes ses espérances. D'un bond, son adversaire regagnait le terrain perdu.

Cette nuit-là, la lutte fut acharnée, et il était quatre heures du matin quand Simon, la chemise froissée comme à la suite d'une orgie, la sueur sur le front, les jambes cassées par les émotions du jeu, se retira avec une perte totale de près de vingt mille francs. Seyghine paraissait consterné. Pidoux, tout miel et sucre, était accouru à la rescousse pour répandre sur les plaies du pigeon plumé l'huile des condoléances.

Ce que Rabotteau éprouvait était plutôt de l'humiliation et de la fureur que le regret d'avoir perdu une si forte somme.

C'était aussi, à l'égard de Nina, un sentiment exaspéré de colère et de passion. Il était désormais fixé sur la composition de la société au milieu de laquelle on l'avait entraîné. Ces dames ne se gênaient plus : il était considéré comme un habitué, et on ne jouait la comédie de la décence que pour ne point effaroucher les nouveaux venus. Les considérations qui auraient pu lui inspirer envers la jeune femme du respect, ou simplement de la retenue, n'existaient plus. Il en était venu à la désirer violemment, furieusement. Que lui importait Seyghine ? Etait-elle seulement sa femme ? Et puis, qu'est-ce que cet homme qui ne craignait pas de compromettre une jeune et charmante créature dans un tel milieu ?

Il lui fallait Nina. Il la voulait. Il l'aurait. Maintenant, il recherchait ardemment une occasion de tête-à-tête. Mais cette occasion, l'Italienne mettait autant de soin à la fuir que lui, à la faire naître. Après avoir joué la co-

quette avec tant de succès, la sirène opérait
une savante retraite. Elle se dérobait, décidément.

Elle avait vainement essayé une diversion
à l'aide de Francesca : Rabotteau s'obstinait
à sa poursuite avec un acharnement que rien
ne rebutait ni ne lassait. Le seul abri qui lui
restât contre l'impétuosité de cette passion
fougueuse et menaçante, c'était la présence de
son amant.

Elle ne quittait plus Seyghine. Cette fidélité
pseudo-conjugale mettait Rabotteau hors de lui.
Et ce jeu, de la part de Nina, était d'autant plus
cruel qu'il était plus dissimulé : sans avoir l'air
de s'apercevoir des fureurs de sa victime, elle
continuait à lui adresser de ces sourires meur-
triers qui lui avaient déjà fait tant de mal.

Mais qu'est-ce donc que cette femme?
répétait Rabotteau en grinçant des dents et en
serrant les poings. Est-ce un ange ? est-ce
une courtisane ?

Comme il rentrait à l'hôtel, sur la pointe du
pied, l'esprit tout plein d'appréhensions à cause

de sa femme, il vit avec un vif sentiment de
soulagement qu'il n'y avait pas de lumière dans
la chambre de Mme Rabotteau. Tout était obscur
et silencieux. Débarrassé d'un poids énorme, il
se hâta de se glisser dans la sienne. Sa fille l'y
attendait.

— Qu'est-ce que tu fais là? demanda-t-il
brusquement, avec un geste de colère.

— Tu vois, je t'attends.

— Pourquoi n'es-tu pas couchée?

— Parce que je n'aurais pu dormir.

— En d'autres termes, tu m'espionnes.

— Si peu, que je t'attends ici, dans la
chambre, sans chercher à savoir où tu vas ni
d'où tu viens. Seulement, ne te voyant pas
rentré à cette heure, j'étais inquiète ; tu dois
comprendre cela.

— Et ta mère?

— Elle s'est endormie de bonne heure. Elle
pouvait s'éveiller et apercevoir de la lumière
dans ma chambre. Alors j'ai pris le parti de
venir veiller dans la tienne.

— C'est bien ; maintenant, va te coucher.

Elle prit son bougeoir, fit deux pas ; puis, se retournant, avec une grosse larme à la pointe des cils :

— Père ! fit-elle d'un ton suppliant.

— Hé bien ?

— Est-ce que tu as oublié les recommandations du médecin, dis ? Songe au mal que tu ferais à ma pauvre mère, si elle venait à s'apercevoir...

— Eh ! laisse-moi tranquille ! s'écria brutalement le malheureux joueur, au paroxysme de la surexcitation.

Claire comprit que ce n'était pas le moment d'une explication avec lui.

Elle quitta la chambre de son père sans ajouter un mot ; mais, quand elle fut dans la sienne, elle fondit en larmes.

— Qu'y a-t-il donc ? mon Dieu ! murmura-t-elle. Qu'y a-t-il donc ?

X

D'immenses affiches multicolores, aux armes de la ville, collées sur tous les murs, annonçaient pour le lendemain une fête villageoise, organisée par une commission municipale. Aux termes du programme, on ne devait danser que « la Bourbonnaise » et « l'Auvergnate », deux variétés de la bourrée. Le comité avait fait installer, sur la place qui s'étend derrière l'Hôtel-de-Ville, deux vastes parquets entourés de sièges. Tous les abords avaient été barricadés. Des ouvriers étaient en train d'accrocher à de longs fils de fer les lampions et les lanternes qui devaient éclairer la fête.

On venait de déjeuner. La plupart des buveurs de l'hôtel Mazarin étaient devant la porte, formant des groupes. Madame Rabotteau et sa fille avaient accompagné au salon, avec plusieurs de ces dames, une jeune fille, arrivée de la veille, qui, au dire de Mᵐᵉ Gazetteau, sa compatriote, possédait une voix de contralto superbe et un merveilleux talent de pianiste. On voulait la faire chanter. La jeune fille, un peu intimidée par le milieu nouveau où elle se trouvait, se faisait prier. William et Simon avaient pris des chaises et, tout en savourant leur café, causaient, assis à une table, un peu à l'écart, sous les ombrages du parc.

Devant la porte de l'hôtel, dans la rue, un petit homme, accusant par sa taille une douzaine d'années au plus, vêtu d'un pantalon court, d'une veste galonnée et d'un chapeau haut de forme, la voix haute et perçante, faisait danser des chiens. Il chantait des couplets et brandissait une houssine qui, sifflant comme une lanière aux oreilles des pauvres animaux, éveillait leur intelligence. Nombre de passants s'étaient arrêtés et formaient un cercle curieux autour de l'artiste et de ses élèves, sur la chaussée.

Tout-à-coup un homme se détacha du groupe et, avant que Rabotteau eût pu trouver le temps de s'esquiver, lui arriva en plein dans les jambes, comme un projectile. C'était Landau. Il roulait sur lui-même, jovial, épanoui, rayonnant, faisant sonner sa voix de cuivre. Heureusement que l'homme aux chiens tapait dûr sur son tambourin; autrement tout l'hôtel, jusqu'au plus profond de ses couloirs et de ses corridors, eût été mis au courant des confidences de Landau.

En l'apercevant, Rabotteau eut un geste d'effroi et fit un mouvement, comme pour battre en retraite; mais déjà le fâcheux était sur son dos :

— Tiens ! c'est là que vous demeurez, vous ? Comment va ? Moi, je vais très bien, merci. Toujours gai ! Toujours de bonne humeur ! Toujours bien portant ! Oh ! ce n'est pas les eaux que je viens chercher à Vichy. Au contraire. Eh ! eh ! eh ! au contraire.

Il appuyait sur cette déclaration avec une intention égrillarde, clignant de l'œil. Rabotteau était au supplice. L'homme continua, impitoyable :

— Tel que vous me voyez, mon cher Monsieur, je n'ai jamais ressenti dans ma vie une crampe d'estomac. Bon pour les femmes, les Eaux de Vichy. Moi, je dis à la mienne que je viens me traiter. Elle gobe ça. Vous savez comment je me traite, vous ! C'est la meilleure manière, mon bon ami, la meilleure...

William Davis considérait ce personnage comme on regarde un intrus qui se trompe d'adresse. Mais décidément Rabotteau le connaissait, puisqu'il ne le priait pas de passer son chemin. Landau reprit :

— A propos, vous êtes allé villa de Chypre, paraît, hier soir ?

Cette fois, Rabotteau laissa échapper un geste d'impatience très éloquent; car le petit homme, s'apercevant de son indiscrétion, se hâta d'ajouter :

— Ça vous contrarie qu'on en parle ? Je comprends. Cela réveille en vous des souve-

nirs... Hem ! hem ! C'est égal, jolies, les petites
de chez Francesca. Très jolies, très avenantes.
Après le champagne, surtout. Ah ! mon cher,
je vous recommande le champagne. Irrésistible,
le champagne. Essayez-en... Nous nous rever-
rons, hein ? Pas ce soir ; je ferai comme tout
le monde ; j'irai à cette fête villageoise. Mais
demain... Au revoir, mon cher Monsieur... On
m'attend pour une excursion je ne sais où... au
château de... enfin à un château quelconque.
C'est très pittoresque, à ce qu'il paraît. Moi,
vous savez, au fond, je m'en moque, du pittoresque. Je préfère les appas d'Irma Vivant. Et
vous ? Vous ne dites pas vos préférences,
sournois ; mais on les connaît... Oui, on les
connaît... Oh ! on ne me la fait pas, à moi ; et,
si votre langue ne dit rien, vos yeux ne
manquent pas d'éloquence... Eh ! eh ! eh !

Rabotteau était pourpre : il aurait voulu
pouvoir étrangler cet imbécile. William, très
gêné de son côté, eut l'air de feuilleter avec
attention un album qui se trouvait sur la table.
Il crut devoir ne pas prolonger, par sa présence,
le supplice du pauvre Rabotteau et, comme

Landau s'éloignait en fredonnant je ne sais quoi, il se leva de sa chaise, murmurant d'un air détaché :

— En voilà, un butor !

Mais le nom de la villa de Chypre, lancé par Landau au cours de la conversation, ou plutôt du monologue qu'il venait d'entendre, ce nom-là renversait toutes ses idées au sujet de l'excellent marchand de grains. Il connaissait la villa de Chypre de nom, de réputation, pour l'avoir entendu citer quelquefois dans le monde où l'on s'amuse. Et ce qu'il en savait ne l'édifiait pas précisément sur le compte du brave Bourguignon. Cette villa de Chypre était connue pour offrir une hospitalité empressée aux gens en quête de bonnes fortunes. William Davis ne l'ignorait pas. Mais comment, par qui Rabotteau avait-il été introduit dans cette société ? Ici, l'Américain ne comprenait plus.

Seyghine s'était bien gardé de parler devant lui de la villa de Chypre, à plus forte raison de le mettre dans la confidence des petites opérations qui s'y pratiquaient. William ignorait donc que le Russe « fût de la maison ». Il le soupçonnait d'être affilié à une association de grecs ; mais jamais la villa de Chypre n'avait été devant lui citée comme un tripot. Le jeu y était entouré, ainsi que nous l'avons vu, de voiles discrets et, tandis que le baccara florissait un peu partout, seule, la maison de Francesca Ramazzi s'en tenait au paisible et inoffensif écarté. Un jeu bénin, en comparaison des autres.

Davis conclut simplement des indiscrétions de Landau que Simon allait chercher, dans la société de la villa de Chypre, des... distractions qu'il ne trouvait pas dans son intérieur. Quelque mauvaise connaissance l'avait sans doute entraîné là. Peut-être était-ce ce butor que lui, William, n'avait jamais vu et qui avait l'air de connaître si bien Rabotteau.

Enfin, ce qu'il y avait de sûr, c'est que le vieux faisait la fête. A cinquante-deux ans, la tête toute grise, il courait les brelans comme un collégien émancipé ! C'était donc pour ça qu'on ne le voyait presque plus, les soirs, après dîner !...

Cette réflexion amena un sourire sur les lèvres de l'Américain, mais presque aussitôt il pensa à Claire. L'émotion le gagna. Il se dit que Claire n'apprendrait pas sans douleur, sans humiliation, la conduite de son père, et qu'il fallait essayer de lui épargner ce chagrin. Il se dit aussi que la connaissance de ces écarts porterait à Mme Rabotteau un coup douloureux, dangereux peut-être. Mais comment le parer? Il ne pouvait cependant pas empêcher Simon d'aller passer ses soirées où bon lui semblait. C'étaient là des choses d'une nature trop intime pour qu'il fût possible de s'en mêler sans être horriblement indiscret. Ne l'avait-il pas été déjà, indiscret, bien malgré lui, en assistant à la scène où Landau s'était épanché? Une circonstance imprévue avait forcé Rabotteau à rougir devant lui. C'en était assez; c'en était trop peut-être.

Le soir de cette aventure, l'enceinte du square de l'Hôtel-de-Ville resplendissait de lumières. Des barrières mobiles, installées sur la place, et englobant cette partie du nouveau Parc qui touche à la Mairie, protégeaient l'emplacement réservé à la fête. La foule se poussait à l'entrée, devant une étroite guérite en bois, munie d'un guichet, pour se procurer des tickets, moyennant la modeste somme de cinquante centimes par personne. On présentait ces billets à des pompiers de planton installés aux portes, tandis que les membres de la commission, leur décoration à la boutonnière, surveillaient le service. Les arrivants, par groupes, allaient s'asseoir sur les bancs disposés autour des parquets, ou s'étager sur une estrade en bois blanc, ornée de feuillages, d'où l'on dominait l'enceinte. D'autres estrades avaient été élevées, sur les côtés des parquets, pour les musiciens.

On avait choisi tout exprès des artistes ayant un parfum de terroir très prononcé : de vieux joueurs de musette et de cornemuse qui, depuis quarante ans, faisaient sauter les gars et les fillettes à tous les bals des environs, le jour de la fête patronale. Quand nous disons « les environs », ce n'est pas tout-à-fait exact. Les environs proprement dits dédaignent la bourrée pour la polka, et la cornemuse pour la clarinette. Dans ces villages, les prétentions à la moderne élégance font professer un souverain mépris pour le rustique biniou. On désapprend la « Bourbonnaise ». On pose pour la valse. Les vieux usages se sont retirés dans la montagne, défendue par ses rochers contre l'invasion des ridicules de la mode : c'est là seulement, vers Ferrières, la Chapelle, Chatel-Montagne et le Mayet, ou sur les confins de l'Auvergne, que les traditions ont été conservées dans leur pureté antique. C'est là qu'il y a encore des cornemuseux et des vieux qui dansent la bourrée comme on la dansait au temps de Mme de Sévigné.

Il avait fallu les payer fort cher, ces sauvages, pour les décider à quitter leurs rochers, et à affronter, avec leurs rustiques instruments, la civilisation de la plaine. Ils étaient venus, avec leurs grands chapeaux noirs rabattus sur les yeux, leur petite veste grise à boutons de métal et à manches étroites, collée sur les reins, ils étaient venus, un peu soupçonneux, ne sachant trop s'il n'était pas question de se moquer d'eux et de leur musique. Mais

quelques rasades, versées à leur arrivée par
des membres du comité, avaient eu raison de
cette attitude méfiante. Et, bravement, à la
requête de ces messieurs, ils s'étaient mis à
faire le tour de la ville, précédés du garde
champêtre, jouant de leurs musettes à tour de
bras, ou de leurs cornemuses, à perte d'haleine,
enchantés de l'effet qu'ils produisaient, radieux
comme des triomphateurs romains. Il y en
avait un entre autres — un vieux tout enru-
bané — qui battait des entrechats et mimait
ses airs avec un entrain remarquable. Il se
forma autour de lui une bande de garçons
d'hôtels et de filles de service qui, mis en goût
par cette musique enragée, suivirent l'orchestre,
d'enthousiasme, dans la direction du square.
Pour eux, danseurs et danseuses avérés, l'entrée
était gratuite et, en un clin d'œil, ils eurent
pris possession des parquets.

Ce fut un vieux « montagner », comme on
dit dans la langue du pays, et sa femme qui
ouvrirent le bal. Les musiciens, perchés sur
leurs estrades où l'on avait installé un petit fût
de bière, afin d'échauffer leur zèle, tout en

rafraîchissant leur gosier, jetèrent, avec une véritable *furia*, les premières notes de leurs instruments. Des couples allaient se lancer, quand un grand gaillard s'avança en se dandinant sur le parquet et cria, d'une voix de stentor : « Tout-à-l'heure, mes gars ! Laissez commencer les vieux. »

Les vieux étaient déjà prêts.

On se rappellera longtemps à Vichy ce début de bal.

L'homme — un vrai montagnard bourbonnais — avait la face épanouie dans son large collier de barbe rousse. Il portait une petite veste grise et un immense feutre mou que le balancement de la bourrée lui faisait retomber sur la nuque. La femme, plate, sèche, le nez droit, la tête coiffée d'un de ces chapeaux de paille ornés de nœuds de velours noir qui sont tout ce qui reste de l'ancien costume bourbonnais, si gracieux et si pittoresque, marquait le pas en face de son homme, avec une vivacité de jeune fille.

Elle avait eu autrefois son heure de réputation parmi les meilleures danseuses du pays ;

et actuellement encore, quand il s'agit d'inaugurer le bal de « la louée » à la Saint-Jean, c'est la mère Miette qu'on va chercher pour donner le branle. La bonne vieille ne se fait jamais tirer l'oreille. « Et quand je serai morte, mes enfants, dit-elle en riant, comment ferez-vous donc? — Bah! mère Miette, vous ne mourrez jamais, » répondent les gars. Elle hoche la tête et, droite sans raideur, les bras arrondis tenant les coins de son tablier, elle va se camper devant son danseur qui, généralement, est le plus jeune de la bande. Ce soir-là, pourtant, elle avait voulu inaugurer le bal avec « son homme ».

La bourrée Bourbonnaise ne ressemble pas complètement à ce qu'on appelle dans le pays « la Montagnarde » ou « l'Auvergnate ». Elle a quelque chose de plus doux, de plus cadencé. La bourrée auvergnate, quand elle est bien lancée, prend volontiers les allures tapageuses d'une charge de cavalerie. Elle s'accompagne de formidables coups de pied, appliqués à plat sur le plancher, par ces larges souliers auvergnats qui se posent d'aplomb sur ce qu'ils

foulent, et de *yous* énergiques, poussés comme
un rugissement de guerre. La « Bourbonnaise »
n'a ni cette fougue, ni ces impétuosités bru-
yantes. Quand elle s'anime, c'est pour accentuer
le balancement gracieux du corps et accélérer
le mouvement des jambes. Le cavalier et sa
danseuse, l'un chassant l'autre, avancent et
reculent à tour de rôle, face à face, en se
trémoussant, sans se toucher ; puis, battant
des mains, se croisent en tournant, et
soudain recommencent, après avoir pris la
place l'un de l'autre, le même exercice,
que le rythme de l'orchestre précipite ou
allanguit à volonté. A mesure que la danse
s'anime, les bras s'élèvent et s'abaissent en
cadence ; le balancement des hanches s'accen-
tue ; la « Bourbonnaise » se rapproche davantage de la « Montagnarde » ; les battements de
mains deviennent plus énergiques, jusqu'au
moment où un *couac* se produit sur les instruments, arrêtant le tout. Alors, en galant
cavalier, chaque danseur embrasse sa danseuse,
ce qui ne manque jamais, lorsque ce sont des
vieux qui donnent le signal de ces tendresses

publiques, d'exciter les rires et les bravos des spectateurs.

Lorsque la mère Miette s'arrêta, tout essoufflée, mais prête, disait-elle, à recommencer, et que « son homme » lui eût appliqué sur la joue, devant tout le monde, le plus bruyant des baisers conjugaux, la galerie éclata en cris de « bis ! bis ! » répétés, avec des applaudissements frénétiques, par les Étrangers, que cette scène amusait au plus haut point. Mais alors le grand gars qui, tout-à-l'heure, avait fait faire place aux vieux, s'avança de nouveau au milieu du parquet et, de sa voix retentissante : « Maintenant, allez-y, vous autres ! » s'écria-t-il en s'adressant aux couples qui se tenaient tout prêts, chaque cavalier en face de sa danseuse, sur les côtés du plancher. Les cornemuseux attaquèrent vigoureusement une nouvelle bourrée. « Il s'agit de ne pas vous ménager », leur avait crié le jeune montagnard. Et distinguant, parmi toutes les autres, une fillette en bonnet bourbonnais orné de larges rubans roses, il s'était précipité vers elle pour l'inviter. Il était connaisseur : cette petite-là dansait la bourrée à la perfection, et avait obtenu le premier prix, à l'unanimité, au dernier bal villageois.

Alors, commença la mêlée. Une mêlée tourbillonnante, bruyante, folle. Ceux qui savaient danser la bourrée, la dansaient. Ceux qui ne le savaient pas, dansaient la valse, la polka, n'importe quoi, tournant, se mêlant, se confondant, coupant en deux les bourrées commencées, poussés, chassés vers les bords des parquets, et trébuchant enfin sur les groupes de spectateurs qui envahissaient de plus en plus l'espace réservé.

En vain les représentants de la force armée communale, le garde champêtre, les pompiers, les agents de police, les membres du comité eux-mêmes, faisaient-ils tous leurs efforts pour assurer la liberté du parquet. La foule curieuse, de plus en plus compacte, ne reculait d'un pas que pour avancer de deux. Il ne se produisait un mouvement de retraite, que lorsqu'un couple venait échouer en tournant sur les premiers rangs de la masse envahissante, où il s'enfonçait par la force de la vitesse acquise. Le cercle se resserrait à chaque instant davantage. Les danseurs, parqués avec leurs danseuses dans un espace qui ne suffisait plus à leurs ébats, poussaient de temps en temps de veritables charges contre les gêneurs, tourbillonnant aux sons enragés de l'orchestre auquel la bière donnait du souffle. La foule, menacée, s'écartait pour les laisser passer, et, aussitôt, se reformait. On finit par en prendre son parti, et l'on dansa comme on put, par petits groupes, sur cinq ou six points à la fois, au travers de la cohue, partout où l'on trouvait libre un coin du parquet. Une mêlée! nous l'avons dit ; mais une mêlée joyeuse qui, sous la lumière des lanternes vénitiennes entre-croisées au-dessus des têtes, produisait l'effet d'une ronde fantastique. La poussière des parquets paraissait toute rouge dans le rayonnement de ces mille lumières : de temps en temps, une lanterne prenait feu, secouant ses débris enflammés sur la tête des couples, sans parvenir à les séparer. L'ivresse du bal était à son comble.

En ce moment, des feux de Bengale s'allumèrent dans l'enceinte.

Des flammes rouges et vertes embrassèrent, dans un rayonnement intense, splendide, l'ensemble de la scène. On aperçut les musiciens sur leurs tréteaux, arrêtés net par la nouveauté du coup d'œil, la tête tournée vers les foyers qui faisaient ruisseler sur eux ces ondes lumineuses ; les spectateurs étagés sur l'estrade ; les cavaliers et leurs danseuses, surpris dans leurs ébats et regardant ; tandis que d'autres, des enragés, continuaient à tourner dans l'entraînement d'une valse commencée ; puis la foule, déployée autour des parquets, la foule aux mille têtes mouvantes, tour à tour rouges et vertes, la foule émerveillée qui formait le fond de ce féérique tableau. Un immense cri d'admiration, sorti des poitrines villageoises, éclata comme un tonnerre : il se prolongea tant que dura le jeu fantastique des lumières ; puis les musettes et les cornemuses recommencèrent, attaquant une bourrée.

— La bourrée ! la bourrée ! cria la foule.

— Tiens ! comment vous portez-vous, cher Monsieur ? Et vous, Mademoiselle ? dit tout-à-coup, près de Rabotteau et de Claire, une voix qui les fit tressaillir tous deux. C'était Michel Seyghine.

L'étudiant Russe était là, regardant le bal, avec Nina.

De toute la journée, il n'avait pas été question, entre Claire et Rabotteau, de ce qui s'était passé la veille. La jeune fille, afin de n'éveiller dans le cœur de sa mère aucun soupçon, avait fait des efforts héroïques pour paraître enjouée, comme d'habitude. Simon, très nerveux, s'était efforcé, de son côté, de calmer l'agitation à laquelle il était en proie, et c'est lui qui avait proposé à Claire de la conduire à la fête villageoise. Claire, pour des raisons que le lecteur comprendra sans peine, accepta la proposition de son père. Au moins, elle était sûre que, ce soir-là, il ne passerait pas une grande partie de la nuit dehors. Mais les préoccupations qui les agitaient l'un et l'autre étaient trop absorbantes pour les empêcher de jouir du coup d'œil de la fête, ou d'échanger leurs impressions. Et, depuis leur sortie de l'hôtel, c'est à peine si, deux ou trois fois, ils s'étaient adressé la parole.

— Voilà bien longtemps, Mademoiselle, que nous n'avons eu le plaisir de vous voir, continua Seyghine ; vous n'avez pas été malade, j'espère ?

— Non, Monsieur ; merci ! répondit Claire, d'une voix sèche, coupant court aux compliments. Elle avait comme un pressentiment que cet homme était pour quelque chose dans son chagrin. Elle éprouvait pour lui, pour sa politesse empressée, une aversion qu'elle s'expliquait mal, mais dont elle n'était pas maîtresse.

Michel sentit l'hostilité secrète, instinctive, dont il était l'objet de la part de cette nature droite. Il vit qu'il ne serait ni habile ni de bon goût d'insister. Se rabattant donc sur l'ancien négociant en grains, il lui parla de la fête, de l'entrain qui y régnait, comme on parle du beau temps ou de la pluie. Il observait en même temps la figure de la jeune fille, pour tâcher de surprendre quelque chose de ses pensées et de ses sentiments ; mais Claire, en apparence, était calme, bien que froide ; il ne saisit rien qui fût de nature à le tirer de son incertitude.

— Bah ! pensa-t-il, après tout...

En ce moment, il se produisit dans le groupe dont faisaient partie Michel et ses interlocuteurs, une violente poussée. Un couple de danseurs heurta rudement Simon, tandis qu'un juron énergique, formulé en pur gascon, éclatait sous son nez, comme une bombe.

— Eh ! capé dé Dious, on se récule, qué diable !... Té ! mais, c'est Monsieur Rabotteau. Comment ! vous ici ! avec Mademoiselle Claire ! Ençanté dé vous voir... Ençanté ! Ençanté !...

C'était Numa Cardaillac, en personne, avec sa fougue méridionale et son accent. Il avait raccolé près d'une bonne vieille dame une fillette d'une quinzaine d'années, dont les pieds, au son de la musette, s'agitaient fréné-tiquement, et il s'était lancé avec elle dans la tourmente, attentif à la protéger contre les chocs, mais recevant lui-même, de droite et de gauche, un nombre incalculable de horions. Au moment où il s'échoua contre le groupe qui nous occupe, la fillette, rouge comme une pivoine, ses cheveux follets tous mouillés de sueur, criait à son cavalier qu'elle n'en pouvait plus. Elle se jeta sur le banc où sa grand'mère, souriante, l'attendait ; et Cardaillac, après s'être incliné devant ces dames, se hâta de revenir près de Claire.

— Mademoiselle, lui dit-il sans préambule, voulez-vous m'accorder l'honneur d'une polka?

Claire fit un geste négatif. Le Gascon ne se rebuta point.

— Pourquoi ? Zé sais bien qué nous né sommes pas ici au Casino ; mais voyez, tout lé mondé danse.

Il disait vrai : les spectateurs, buveurs et buveuses d'eau, gagnés par l'entrain général, s'étaient mis bravement de la partie. On voyait d'élégantes toilettes mêlées aux costumes rustiques. Et ces dames semblaient prendre un extrême plaisir à cette sauterie villageoise conduite par les accords de la musette et de la cornemuse.

— Tout lé mondé danse, répéta Cardaillac, et zé vous assure qué c'est très amusant. Ténez, zustement, on va commencer uné polka...

Eh ! l'artisté, uné polka, s'il vous plaît...
Vénez-vous, Mademoiselle?

— Merci mille fois, Monsieur; mais je n'ai
pas envie de danser ce soir.

— Eh ! zé croirai qué c'est parce qué vous
né voulez pas danser avec moi, alorsss ! Pourquoi né voulez-vous pas? Zé danse tout aussi
bien qu'un autre, sans mé flatter.

Il était piqué, visiblement. Rabotteau
intervint :

— Pourquoi ne danserais-tu pas, Claire ?
Monsieur Cardaillac pourrait croire à des
sentiments qui n'existent pas chez toi. Puisque
tout le monde danse... Va, mon enfant...

— Mais, père...

— Je t'en prie.

Elle obéit, et prit le bras de Cardaillac. Un
instant après, la polka commençait.

Un homme frappa sur l'épaule de Seyghine,
en s'inclinant devant Nina et en tendant la main
à Rabotteau. C'était J. Potence.

— Vous ici ! s'écria Michel, avec un mouvement de surprise ; comment va?

— Très bien, mon ami ; puis, à l'oreille, d'une voix légèrement altérée : J'ai à vous parler.

Il lui prit le bras et, après quelques instants d'entretien avec Rabotteau et Nina, entraîna le Russe vers une allée de l'enceinte, obscure et complètement déserte.

Madame Seyghine et Simon demeurèrent seuls.

L'ancien marchand de grains saisit cet instant.

— Madame, lui dit-il à voix basse, mais avec une intensité de passion qui effraya presque l'Italienne, il faut que vous m'accordiez un entretien.

Nina joua la surprise.

— Un entretien, Monsieur ?... Pourquoi ?

— Mais parce que j'ai à vous dire des choses que personne que vous ne doit entendre.

— Oh ! mais, c'est très grave, alors ?

— Très sérieux, tout au moins.

— De quel ton vous dites cela !

— Du ton d'un homme passionnément épris, qui veut vous dire jusqu'à quel point il vous aime...

Rabotteau prit la main de Nina qu'il étreignit, et, se penchant vers l'adorable figure de l'Italienne, il lui répéta d'une voix que la passion étranglait :

Je vous aime ! Oh ! je vous aime !

Juste en ce moment, de nouveaux feux de Bengale s'allumèrent, inondant de clartés l'enceinte.

Claire, toujours dansant, jeta les yeux du côté de son père et de Nina. Elle surprit cette étreinte de leurs mains. Elle vit la prière sur les lèvres de Rabotteau. Le voile se déchira. Elle comprit tout.

Un violent tremblement la saisit, et il lui sembla que ses jambes se dérobaient sous elle.

— Assez, Monsieur, dit-elle à Cardaillac, la gorge sèche. Je suis fatiguée. Excusez-moi, je vous prie. Veuillez me ramener près de mon père.

Cardaillac s'arrêta, étonné de l'altération de la voix de la jeune fille. Il la regarda ; l'expression de son visage le frappa. Il n'osa l'interroger. Doucement, en écartant du bras les groupes de danseurs et de curieux, il la reconduisit à Simon.

En frôlant Nina pour prendre le bras de Rabotteau, Claire fut prise de la tentation folle de souffleter cette femme. Il lui fallut faire appel à tout ce qui lui restait de raison pour ne pas donner en public ce scandale. Seulement, en passant devant elle, elle chargea le regard qu'elle lui lança d'une expression de mépris si écrasante que l'Italienne courba la tête, instinctivement, sous cette muette malédiction filiale

Alors, s'adressant à son père :

— Je suis malade, dit Claire brièvement, viens.

Et, comme Simon, alarmé, lui exprimait la crainte qu'elle n'eût pris froid, elle se contenta de hausser les épaules. Elle ne répondit pas au salut que Seyghine, revenu près de Nina, lui adressait et, tournant brusquement le dos, elle s'éloigna au bras de son père.

Nina regarda Michel.

— Qu'a donc cette mijaurée ?

— Je n'en sais rien, répondit le Russe toujours flegmatique. Mais je crois qu'il va

falloir exécuter son bonhomme de père...
D'autant plus que le Ménégot pourrait bien
avoir fait des siennes.

— Ménégot ?

— Potence vient de me dire qu'on a vu
aujourd'hui des agents rôder autour de chez
Francesca.

XI

C'était donc chez Mme Seyghine que Rabotteau passait ses soirées.

Cette femme n'était qu'une courtisane !

Claire comprit tout de suite que la sirène
devait avoir des complices , et que cette
séduction cachait quelque piège.

Ainsi son père — cet honnête homme qui
avait conquis par trente ans d'une probité
scrupuleuse la juste estime dont il jouissait —
son père compromettait dans une maison
louche son nom, son honorabilité peut-être. Il
était à la merci d'une aventurière qui lui faisait

perdre toute notion de ses devoirs, et tout souci de sa dignité personnelle !

Car, il n'y avait pas à en douter, Rabotteau était amoureux de cette femme. A quel point la passion le dominait, Claire avait pu s'en rendre compte par cet oubli de toute réserve dans un lieu public, par ces nuits presque entières passées au dehors, par son agitation, par son humeur aigrie, par le revirement qui s'était produit dans ses plus chères affections.

Ah ! la misérable !

Et c'était William Davis qui avait été l'agent de cette odieuse intrigue !...

Non, ce n'était pas possible : William n'avait pas trempé dans cette machination. Il avait dû être un instrument inconscient, involontaire ; un complice, non ! Car alors, c'eût été le dernier des misérables ; — et il lui semblait — oui, il lui semblait — qu'il ne pouvait point en être ainsi !

Mais, complice ou non complice, William n'en était pas moins l'auteur de tout le mal. N'était-ce pas lui qui avait présenté ces aventuriers ? N'était-ce point par lui qu'ils

avaient pu capter la confiance de son père
et en faire leur victime ?

Un sentiment de colère et de haine contre
Davis envahit le cœur de Claire. De toute façon,
elle le jugea indigne de l'estime qu'il avait su
lui inspirer. Elle se rappela la scène du bal du
Casino. Décidément, il s'était rendu justice ; il
ne s'était point calomnié !

Et elle qui !...

A la pensée secrète qui venait de se présenter
à son esprit, elle sentit la flamme de l'indignation lui monter au visage. La scène muette
qu'elle avait surprise, se retraçant plus vivement devant ses yeux, ajoutait au rouge de la
colère celui de la honte. Une fièvre ardente lui
brûlait la figure. Un bruissement insupportable
emplissait ses oreilles. Le sang lui martelait les
tempes.

Son agitation était telle qu'il lui était impossible, malgré la force de sa volonté, de s'arrêter
à aucune idée et de réfléchir.

Seule, une pensée se détachait, nette comme
un devoir tracé, dans la confusion tumultueuse

de son esprit : il ne fallait pas que sa mère sût rien ! Elle devait employer tous ses soins à lui cacher la vérité, à écarter d'elle ce qui pourrait lui ouvrir les yeux, à la tenir dans la douce ignorance de son malheur. Ange gardien d'une tranquillité qui tenait de si près à la vie peut-être, elle se rappelait les termes mêmes des recommandations du docteur : Evitez jusqu'aux moindres émotions... Que serait-ce, si la pauvre femme venait à apprendre la vérité ?...

Madame Rabotteau, depuis quelques jours, était entrée dans une période d'amélioration marquée par une reprise d'appétit, par une certaine sérénité de visage, par des dispositions au sommeil. Le docteur était venu la voir et avait déclaré qu'elle allait décidément mieux. Elle s'endormait tranquillement, chaque soir, de bonne heure ; et Claire, près de son chevet, contemplait avec une joie profonde sa figure calme, sa lèvre souriante, ce pli de bonté que l'amertume de la maladie en avait momentané-ment banni, et que le bienfait des eaux y ramenait, en même temps qu'il faisait renaître, sur les joues pâlies, quelques couleurs.

Il lui sembla que la vue de sa mère, en ce moment, lui ferait du bien. Elle n'entendait aucun bruit dans la chambre de Mme Rabotteau. Tout y était obscur. Avec d'extrêmes précautions, elle entr'ouvrit la porte de communication qui unissait les deux pièces, et pénétra chez la malade, sur la pointe du pied, en masquant de la main la flamme de sa bougie, pour en amortir l'éclat.

Mme Rabotteau reposait doucement. Sa respiration était régulière et fraîche. Il y avait sur ses lèvres un sourire. Sans doute, un rêve caressant berçait son sommeil. Quand la lumière du bougeoir vint frapper ses paupières closes, elle fit un mouvement, comme si elle allait s'éveiller, et, de sa douce voix de malade résignée, elle prononça le nom aimé qui, dans son rêve, voltigeait sur sa bouche, prêt à s'échapper : Claire, murmura-t-elle. La jeune fille, empressée, s'avança. Mais la malade ne s'était point éveillée. Avec une sensation de bien-être inconscient, elle avait enfoncé sa tête dans l'oreiller et continuait à murmurer des syllabes confuses et douces, comme un ga-zouillement d'enfant.

Claire éprouva une profonde émotion, comme si ce nom, jeté dans la confusion d'un rêve, eût été un appel à son adresse. Il lui sembla que sa mère, redevenue enfant par la faiblesse de la souffrance, la suppliait de veiller sur elle et d'écarter de son chevet toutes les douleurs, tous les dangers. Elle s'agenouilla devant le lit de la pauvre femme :

— Ah ! dors en paix, chère mère, dit-elle à voix basse, dors. Oui, je suis là, et je veille sur toi. Dors avec tes doux rêves de santé. Je comprends maintenant ce que j'ai à faire et — Dieu aidant — je n'y faillirai pas. Bonsoir, mère adorée ; tu m'as inspirée, vois-tu. J'ai entendu l'appel que tu m'adresses. Tu es faible ; c'est à moi d'être forte. Va, je le serai.

Le lendemain, après dîner, vers sept heures, Rabotteau laissa tout-à-coup la société avec laquelle il causait sur la porte de l'hôtel, et monta dans sa chambre.

Claire, qui ne le quittait pas du regard, vit ce mouvement de retraite. Elle entra dans le salon où sa mère, par crainte de la fraîcheur du soir et de l'humidité, s'était retirée avec quelques dames.

— Je désirerais sortir avec mon père, dit-elle en se penchant sur l'épaule de la malade. Dis-moi, chère maman, cela ne t'ennuie pas que je te quitte? Ce sera peut-être pour toute la soirée.

— Non, mon enfant, non; va, ma chère petite. Tu sais que je dors admirablement depuis quelques jours; ne t'inquiète de rien. Pauvre Claire, c'est bien le moins que tu prennes un peu de distraction le soir. Je suis une malade si maussade pendant toute la journée...

— Oh! chère maman!...

— Je me rends bien compte de cela, va, et je ne t'en aime que davantage, si c'est possible, ma douce et chère garde-malade. Cela te comptera pour le paradis, ajouta l'excellente femme en embrassant sa fille.

Claire monta vivement les marches de l'escalier; mais, arrivée au premier étage où elle demeurait avec ses parents, elle appuya ses deux mains sur son cœur, comme pour en comprimer les battements. Elle s'arrêta, hésita... « Il le faut » murmura-t-elle ; et, résolument, elle alla frapper à la porte de la chambre de son père.

Simon venait de glisser dans sa poche un écrin contenant un bracelet antique d'un grand prix et d'un travail admirable, qu'il avait acheté dans l'après-midi.

Son chapeau sur la tête, prêt à sortir, il achevait de mettre ses gants, lorsque Claire parut. Il avait l'air extrêmement agité et, à la vue de sa fille, il ne put réprimer un geste d'impatience.

— Je te dérange? demanda Claire, surprenant ce geste.

— Pourquoi me dérangerais-tu?

— Je ne sais pas. Sors-tu ce soir?

— Tu le vois bien.

— Tu vas au Casino?

— Pourquoi cette question?

— Parce que, si tu allais au Casino, je t'aurais prié de m'y conduire. Je désirerais assister à la représentation.

Simon regarda sa fille comme pour surprendre sa pensée dans ses yeux :

— Mais, objecta-t-il, on donne la *Dame Blanche*, ma fille. Tu connais la pièce par cœur.

— J'adore la *Dame Blanche*.

— Hé bien, mon enfant, je vais prier M. et Mᵐᵉ Piplin de t'emmener avec eux. Ils se préparent justement à aller au théâtre avec leur fille. Je suis sûr qu'ils seront enchantés de t'avoir. Berthe t'aime beaucoup.

Claire ne répondit pas à cette proposition... Comme Rabotteau essayait en vain de boutonner ses gants.

— Veux-tu que je t'aide? lui demanda-t-elle.

— Volontiers.

Elle le fit asseoir, s'assit sur ses genoux ; puis, après un silence :

— Tu as donc des projets, ce soir ?

— Apparemment.

— Ah !... Tu vas au cercle, sans doute ?

— Justement.

— Avec M. Bouteiller ?

— Peut-être.

— Dis-moi, père, est-ce que les femmes n'y entrent pas, au cercle ?

— Mon Dieu, si. Pourquoi ?

— C'est que je désirerais visiter le salon des fêtes. On le dit très beau, très richement décoré.

— Hé bien, puisqu'il est convenu que tu vas ce soir au Casino, je t'y conduirai un autre jour... Demain, si tu veux... N'est-ce pas qu'ils sont difficiles à boutonner, ces gants ? C'est fait ? Bien ! merci, Claire.

— Est-ce que je ne pourrais pas t'accompagner, ce soir, au cercle ?

— Mais puisque tu dois aller entendre la *Dame Blanche*.

— Oh ! tu sais, je n'y tiens pas précisément. Avec toi, oui. Mais avec la famille Piplin...

— Ma chère enfant, dit en souriant Rabotteau, tu te donnes beaucoup de mal pour déployer une diplomatie cousue de fil blanc. Il ne te plaît pas que je sorte seul, n'est-ce pas ? Voilà le fin mot de la campagne diplomatique que tu mènes avec plus d'habileté que de succès. Hé bien, ma pauvre Claire, je crois charitable de t'avertir que c'est peine perdue. Je n'admets pas que l'on contrôle, ici, mes absences. Pourquoi ne pas me mettre, tout de suite, sous la surveillance de la haute police ?

— Ah ! s'écria la jeune fille, puisque tu le prends ainsi, soit ! J'aime mieux ça. Ce sera plus franc de part et d'autre. Si tu avais voulu être complètement sincère tout-à-l'heure, tu aurais avoué que tu ne vas pas au cercle, mais chez Monsieur Seyghine.

A ce coup droit, Rabotteau resta un moment interdit. Mais la colère prenant le dessus sur la confusion :

— Et quand cela serait ? interrogea-t-il.

— Si cela est, reprit Claire résolument, je ne te demande qu'une chose, c'est de me permettre de t'y accompagner.

— Non.

— Non, dis-tu ? Pourquoi donc ? Parce que ce n'est pas une maison où un père puisse conduire sa fille...

— Claire !

— Parce qu'on y rencontre une société qu'un honnête homme n'avoue pas... Oh ! père ! s'écria-t-elle en joignant les mains ; père ! ne va plus dans cette maison. J'ai le pressentiment qu'il t'y arriverait malheur. Ecoute-moi. Regarde-moi. (Elle passait ses bras autour du cou de Rabotteau ; ses yeux cherchaient, suppliants, ceux de Simon, qui se détournaient.) Est-ce que tu ne m'aimes plus, dis? Est-ce que tu n'aimes plus ma pauvre mère qui renaît à l'espérance, à la santé, et qui...

Elle s'arrêta ; il lui semblait que quelque chose lui barrait la gorge.

Mais elle ne saura pas... C'est fini. Le charme est rompu. Tu n'y retourneras plus. Oh! promets-moi que tu n'y retourneras plus. Il ne sera pas dit que le meilleur des pères...

— Ah ! interrompit violemment Rabotteau, voilà les grands mots lâchés! Je suis un petit saint ! Un petit saint, ça se met en niche ; ça ne sort pas tout seul... Mais j'ai cinquante-deux ans, ma pauvre Claire ; c'est-à-dire que je suis assez vieux pour n'avoir plus besoin de mentor.

Et puis, vois-tu ? Ce rôle de tuteur ne convient pas, mais pas du tout, à une petite fille de ton âge et de ton caractère. Si j'admettais un contrôle, ce ne serait assurément pas le tien. Occupe-toi de ta tapisserie, mon enfant, et dispense-moi de te prendre pour arbitre de mes pas et de mes actes.

Il s'était dégagé de l'étreinte de sa fille. Claire, toute frémissante, était debout devant lui :

— Mais tu ne comprends donc pas. Mais tu ne comprends donc rien. Il s'agit de ma mère. Il s'agit de sa santé. Il s'agit d'elle, non de toi et de moi. Un contrôle ! Eh ! que m'importe, à moi, où tu ailles, pourvu que ma mère ne soit pas exposée par ton fait à un coup qui la tuerait peut-être... Oh ! ne fais pas un geste de dénégation. Tu la connais ; tu sais très bien qu'il est des souffrances, des humiliations qu'elle ne supporterait pas.

A ce dernier mot, Rabotteau, se levant brusquement, se mit à arpenter la chambre d'un pas saccadé.

Deux larmes brûlaient les yeux de Claire ; il lui semblait qu'un masque embrasé était sur sa figure ; ses oreilles tintaient.

— Ah ! tiens, c'est affreux de m'obliger à te dire ces choses-là. Mais tu ne sens donc pas ce qu'elles me coûtent, à moi aussi, d'humiliation et de chagrin... Ma mère ne sait rien, tu m'entends ; elle ne doit rien savoir. Or, pour cela, il ne faut pas que tu continues à passer tes nuits dehors. J'ai le devoir de veiller sur elle, sur sa santé, puisque toi, ces considérations ne te touchent plus. Hé bien, ce devoir, je l'accomplirai, sache-le, malgré toi, contre toi, s'il le faut. La santé de ma mère m'est plus précieuse que tout au monde, et je ne veux pas que tu la compromettes.

Ce mot fut prononcé avec une singulière énergie dans le geste et dans le regard.

Rabotteau s'arrêta net :

— Tu ne veux pas, dis-tu?... Un ordre alors? Fort bien. Ne te gêne pas. Ah ! tu ne veux pas? Ainsi donc, il ne me reste plus qu'à m'incliner devant un veto aussi formel, et qu'à obéir.

Alors, éclatant :

— Morbleu ! c'est moi qui ne veux pas, entends-tu bien ? qu'une péronnelle comme toi se mêle de mes affaires.

Il avait pris son chapeau et sa canne. Ses lèvres étaient crispées ; sa main tremblait. Claire le regardait, de rouge devenue très pâle.

— Ainsi, demanda-t-elle d'une voix brève, c'est décidé ; tu sors.

— Je sors.

— Tu t'en repentiras.

— Des menaces, à présent ?

— Non. Un avertissement.

Rabotteau haussa les épaules ; il ouvrit la porte et sortit.

Il se dirigea droit vers la Villa Fleurie.

Le pauvre homme y avait envoyé beaucoup de bouquets, mais il n'y était entré qu'une fois, le jour où Michel l'avait entraîné chez Francesca.

Seyghine, malgré ses protestations d'amitié, n'aimait pas à faire les honneurs de chez lui, car sa villa restait fermée à peu près à tout le monde, à Rabotteau plus qu'à personne. L'ancien marchand de grains n'avait pas été

sans remarquer le soin avec lequel Michel
évitait de faire une invitation directe, se retran-
chant derrière les soirées de Madame Ramazzi.
Mais il savait que le Russe avait l'habitude
d'aller, chaque soir, après dîner, passer
quelques instants à la Restauration, et il avait
choisi son heure, pour trouver Nina seule.
Sans répondre aux questions de la camériste
qui vint lui ouvrir, il se dirigea rapidement
vers la porte du salon qui était entr'ouverte.

Nina, à demi-étendue sur une chaise longue,
lisait. A la vue de Rabotteau qui entrait sans se
faire annoncer, une contraction plissa son beau
front. Ses sourcils se froncèrent avec une
expression marquée de mécontentement. Mais
ce ne fut qu'un éclair. Elle se remit aussitôt,
et, maîtresse d'elle-même, la voix calme, avec
le plus aimable de ses sourires :

— Tiens ! c'est vous, Monsieur Rabotteau. Je
suis charmée de vous voir ; et M. Seyghine,
que j'attends, ne le sera pas moins. Veuillez
donc vous asseoir, je vous prie.

D'un geste gracieux, elle lui montrait un
fauteuil.

En la voyant si jolie, dans son peignoir blanc relevé de dentelles, Rabotteau éprouva une intensité de passion telle que son cœur, un instant, cessa de battre. Il lui saisit les mains qu'il étreignit et, à trois reprises, répéta d'une voix profonde, basse, comme oppressée :

— Je vous aime !... Je vous aime !... Oh ! je vous aime.

Nina s'était dégagée doucement.

— Vous m'aimez, c'est convenu, répondit-elle avec un calme où perçait une pointe d'ironie nuancée d'ennui. Maintenant, mon cher Monsieur Rabotteau, voulez-vous que nous causions d'autre chose ?

Cette réponse produisit un peu sur l'ancien négociant l'effet d'une douche froide.

— C'est assez me faire entendre, Madame, murmura-t-il, avec le regard d'un chien qu'on bat, qu'en vous disant que je vous aime, je suis assez malheureux pour vous déplaire.

— Mon Dieu ! mon cher Monsieur Rabotteau, vous exagérez. Seulement, la réflexion qui me venait à l'esprit tout-à-l'heure était celle-ci : Tout homme qui approche une jeune femme

se croit donc obligé de lui faire une déclaration.
Cela finit par n'être plus drôle, convenez-en.
Franchement, M. Rabotteau, je vous croyais
au-dessus de ces banalités. C'est l'affaire des
tout petits jeunes gens, ça.

— Oui ; et chez les barbons de mon âge,
l'amour n'est pas seulement ennuyeux, il est
ridicule. Vous voyez, Madame, je complète
votre pensée. C'est bien cela, n'est-ce pas ? Le
malheur est que les petits jeunes gens aiment
pour rire, et que les barbons aiment pour tout
de bon. Ainsi, ajouta-t-il en s'animant, quand
je vous dis que je vous aime, Madame, c'est
que je vous aime ardemment. Et, comme c'est
vous qui êtes responsable de ce qui se passe
en moi, il faudra bien que vous m'écoutiez. Je
suis venu ici pour cela, je vous le déclare, et
je ne m'en irai pas que vous ne m'ayez entendu.
Il se peut que je sois ridicule ; mais, comme je
suis passionnément épris, je ne m'arrêterai pas
aux blessures d'amour-propre ; je fermerai
l'oreille aux sarcasmes ; je n'entendrai même
pas les plaisanteries qu'il vous plaira de me
décocher. Ainsi, voilà qui est entendu. Je suis

un vieux fou ; mais je vous aime de toutes les forces de mon être, et c'est en vain que vous essayerez de me fermer la bouche.

Nina comprit qu'il fallait changer de tactique. Jouant cartes sur table :

— En d'autres termes, articula-t-elle d'une voix nette, vous êtes venu ici pour me faire des... déclarations et des propositions.

Rabotteau eut un geste qui signifiait : Vous l'avez dit.

— Hé bien, mon cher Monsieur, à cela je n'ai qu'un mot à répondre : J'aime M. Seyghine.

— Vous l'aimez ! Alors, dites-moi, je vous prie, Madame, pourquoi ces coquetteries, ces sourires, ces...

— Moi ! mais je ne comprends pas...

— Vous ne comprenez pas !... Mais, en vérité, pour qui me prenez-vous donc ? Hé bien, moi, je commence à comprendre... Et vous croyez qu'il suffit de dire aujourd'hui que le mal est fait : « Je ne comprends pas ! » Pardon ! Je ne vous tiens pas quitte à si bon compte. Je n'avais pas la prétention d'être aimable, Madame. Il ne fallait pas me faire croire que je pouvais être aimé. Vous avez joué avec le feu : vous vous êtes brûlé les doigts ; tant pis pour vous.

Rabotteau était exaspéré, décidément ; la victime devenait agressive.

Une seconde fois, Nina tenta une diversion.

— Hé bien, dit-elle, sur un ton d'enjouement forcé, voilà une façon originale de se montrer aimable envers une dame.

— En effet. C'est qu'il s'agit ici peut-être encore moins d'amour que d'une lutte entre vous et moi. Vous voudriez vous dérober ; moi, je refuse de me prêter à cette tactique. Vous essayez de me jouer ; je me cabre. Pourquoi avez-vous fait semblant de m'aimer, voyons ? si vous étiez parfaitement résolue à ne pas vous laisser aimer vous-même ? Il y a donc eu de votre part un calcul. Quel est-il ? Est-ce encore de la coquetterie, le jeu que vous jouez maintenant ?

Et brutalement :

— Je n'ai pas la fatuité de vouloir être aimé pour moi-même. Que vous faut-il ? Voyons. Parlez.

Il fit le geste de fouiller dans sa poche. D'un regard, Nina l'arrêta. Et, se levant avec un mouvement d'indignation admirablement joué :

— Épargnez-moi vos insultes, s'écria-t-elle toute frémissante. Pour qui me prenez-vous ?

— Eh ! le sais-je ? Vous m'avez introduit dans une société dont je ne peux pourtant pas parler avec une déférence dont vous seriez la première à rire. Je ne sais pas qui vous êtes, je ne veux pas le savoir. Ce que je sais, c'est que vous êtes adorable ! C'est que je ne me possède plus ! C'est qu'il faut que vous soyez à moi. Et, ajouta-t-il sourdement, la gorge serrée, les yeux ardents, les mains tremblantes, en avançant les bras pour la saisir, que vous serez à moi.

Nina fit un bond en arrière.

— Un pas de plus, Monsieur, et je sonne.

Un flot rouge avait envahi ses joues. Ses narines frémissaient. Ses yeux étincelaient dans leur cercle de bistre. Elle était encore plus belle ainsi, dans son émotion, dans son désordre ; et plus désirable.

Rabotteau, lui aussi, avait bondi vers la sonnette. Tournant le dos au mur, les bras croisés :

—Oui, répéta-t-il, vous serez à moi... Ah ! vous croyiez pouvoir allumer dans mon sang un incendie ; et en rire ! Vous comptiez sur ma timidité. Vous disiez : Rabotteau amoureux ! bah ! cela ne tire pas à conséquence. Vous vous trompiez. Les conséquences, les voilà ! Il fallait me laisser tranquille. Je ne songeais pas à vous. Vous avez sciemment, volontairement, jeté le trouble et la fureur dans un cœur qui, aujourd'hui, vous veut... Nina ! — et il s'avançait de nouveau, les bras ouverts, en proie à une effrayante surexcitation, — Nina, ayez pitié de moi !... Si vous saviez ce que je souffre !... Je n'ai jamais aimé que vous, voyez-vous bien ? Je n'ai jamais eu de maîtresse, moi ! Voilà pourquoi vous trouvez en moi tant de violence et d'emportement... Pardonnez, si je vous ai dit des choses dures... Hélas ! ce n'est plus moi qui parle, c'est cette passion ardente qui me jette à vos pieds, ma Nina, comme un malheureux qui vous demande l'aumône d'un peu d'amour... ou, si c'est trop exiger, d'un semblant d'amour.

Il se traînait, à genoux, sur le tapis. Ses bras s'étaient enroulés autour de la taille de l'Italienne qui se tordait comme un serpent pour lui échapper. Elle ne disait rien, toute haletante ; mais ses mains, furieusement appliquées sur la figure de Rabotteau, le repoussaient avec rage. Et ses griffes entraient dans les chairs. Mais Rabotteau ne sentait rien : de plus en plus étroitement, ses bras étreignaient Nina, pendant que sa bouche continuait à murmurer des paroles entrecoupées.

A ce moment, on entendit retentir dans le couloir les pas de Seyghine qui rentrait.

— Mon mari ! dit rapidement l'Italienne. Remettez-vous, de grâce.

Elle poussa Rabotteau vers une fenêtre en lui faisant signe de l'ouvrir pour avoir l'air de regarder dehors.

Puis, s'avançant vers la porte du salon :

— Que tu as été long, mon ami ! dit-elle en allant au-devant de Michel. Voilà M. Rabotteau qui désire que tu l'accompagnes chez Francesca.

— Monsieur Rabotteau est là ? s'écria le Russe en s'avançant. Je suis au regret, mon cher Monsieur, de vous avoir fait attendre. Veuillez m'excuser. Si j'avais su...

Un regard rapide jeté sur le bonhomme lui fit comprendre qu'il venait de se passer quelque chose d'extraordinaire.

Simon, en effet, très rouge, on ne peut plus troublé, répondait aux protestations de Seyghine par des monosyllabes.

En serrant sa main, Michel la trouva froide et moite.

Il regarda Nina.

Comme Rabotteau prenait sur le canapé, où il les avait jetés, sa canne et son chapeau.

— Michel, dit la jeune femme à voix basse, il faut me débarrasser de celui-là... Aujourd'hui même, tu entends? aujourd'hui. Je ne sais vraiment pas ce qui serait arrivé tout-à-l'heure, si tu n'étais pas rentré.

— Bah !... C'est bien, fit simplement Michel.

Il lança à sa victime un indéfinissable regard. Puis, toujours avec une apparence de calme parfait :

— Je suis à vous, cher Monsieur, dit-il. Viens-tu, Nina?

— Je ne vous accompagnerai pas ce soir, répondit la jeune femme, sans avoir l'air de remarquer le regard suppliant de Rabotteau. Je suis un peu fatiguée; Monsieur Rabotteau voudra bien m'excuser. Dis à Francesca que ce sera pour demain. Monsieur, votre servante. Bonne chance !

Simon s'inclina. Les deux hommes sortirent.

Comme la porte se refermait derrière eux, Nina haussa les épaules.

— En voilà un qui devenait rasant ! murmura-t-elle, en relevant devant sa glace quelques boucles de ses splendides cheveux noirs qui, s'étant détachés pendant cette scène, avaient inondé ses épaules. Ces boucles frissonnaient au contact de sa chair blanche et semblaient se rouler amoureusement sur son cou. L'image qu'elle aperçut lui donna sans doute l'explication des emportements de Rabotteau; car elle ajouta, rêveuse : Pauvre homme ! il m'a presque fait de la peine, un moment !...

Puis, avec un geste d'insouciance : Ah! ma foi, tant pis !... Si on voulait les écouter, tous !...

Elle sourit à son image et, à pas lents, traînant ses sandales de brocart or et argent, comme brisée par la scène qui venait de se passer, elle s'assit dans un fauteuil où elle se pelotonna avec ce mouvement de chatte qui lui était familier.

Elle fermait les yeux, prête à s'assoupir, quand un brusque coup de sonnette la remit sur pieds.

— Qui peut venir à cette heure? murmura-t-elle. Francesca, peut-être. Est-ce que les craintes de Potence?...

Elle n'acheva pas. Comme sa cámeriste, n'ayant sans doute pas entendu le coup de sonnette, des chambres du premier où elle était occupée, tardait à descendre, Nina, elle-même, alla ouvrir.

Elle se trouva face à face avec Claire Rabotteau.

XII

La scène que nous avons racontée plus haut avait laissé Claire frémissante, mais résolue. Elle était parfaitement décidée à suivre son père chez Michel Seyghine. Elle n'avait pas l'adresse du Russe ; mais elle se rappelait avoir vu sur la cheminée de la chambre de Rabotteau une carte de visite — cette carte que Seyghine lui avait remise le jour où il l'avait entraîné, pour la première fois, chez Francesca Ramazzi.

Lorsque Claire crut mettre la main dessus, elle constata qu'elle avait disparu ; la jeune fille chercha, fiévreusement, et finit par la découvrir dans un vide-poche où son père l'avait jetée pêle-mêle, avec d'autres papiers. Elle prit à la hâte son chapeau, ses gants, une pelisse, et redescendant dans le salon, près de Mme Rabotteau :

— Mère, dit-elle, je vais rejoindre mon père. Je te répète que nous serons absents peut-être toute la soirée. Tu ne seras pas inquiète, n'est-ce pas ?

— Non, mon enfant. D'ailleurs, nous allons avoir notre petite soirée, nous aussi. Vous dites, Madame Paranquin, que Mlle Odette va chanter?

Mme Paranquin fit un signe affirmatif.

— Tu vois, ce sera charmant. Amuse-toi bien, ma fille.

Elle attira à elle la jolie tête de Claire, et l'embrassa.

Quelques minutes après, la jeune fille gravissait les escaliers de la Villa Fleurie.

Elle avait marché très vite, courant presque, ne voulant pas se donner le temps de réfléchir à ce que cette démarche avait d'insolite, d'extraordinaire pour une jeune fille.

Mais arrivée là, un effroi la saisit.

Ses timidités, ses pudeurs se révoltèrent. Un sentiment d'invincible répugnance l'envahit, la paralysa, l'empêcha d'avancer le bras pour saisir le cordon de la sonnette. Elle se représentait la confusion, la colère de son père. Elle se sentit défaillir. Le cœur lui manquait. Ses dents claquaient. Ses jambes fléchissaient sous elle. Elle fut obligée de s'appuyer à la balustrade du perron.

Une voix, au-dedans d'elle-même, lui criait : Ne va pas là ! Elle fut prise d'une tentation violente de rebrousser chemin, de fuir cette maison, de se réfugier dans sa chambre pour y pleurer à l'aise. Elle sentait que les sanglots lui montaient à la gorge, et elle se demandait avec angoisse si, la porte ouverte à son coup de sonnette, elle n'éclaterait pas.

Elle resta là une minute, défaillante dans cette lutte cruelle contre elle-même et contre son émotion.

— Non, murmura-t-elle enfin, se raidissant par un violent effort de volonté; non, il n'y a pas d'autre moyen de l'arracher à cette funeste maison. Qu'on interprète comme on voudra ma démarche. C'est pour toi que je la fais, ma bonne et chère mère. Et ta pensée me donnera le courage d'aller jusqu'au bout.

Elle sonna.

A la vue de Claire, Nina éprouva comme un choc. La lumière de la lampe, suspendue au plafond du vestibule, la montra à sa visiteuse toute pâle, les lèvres crispées, les traits durs et profondément contractés. Mais à cette première impression succéda immédiatement une pensée d'ironie et de méchanceté ; car ce fut avec un accent très marqué de persiflage qu'elle s'écria :

— Vous ici, ma chère enfant ! Puis-je savoir quelle circonstance imprévue me vaut la faveur de votre visite ?

Claire, sans répondre, était entrée, et, à la vue du salon vide, avait eu un vif sentiment de la fausseté de sa situation. Mais, comme elle était sûre des perfidies de cette femme, elle leva la tête, la regardant bien en face, et, sans faire attention au geste de Nina, qui lui indiquait un fauteuil.

— Mon père est ici, dit-elle.

L'Italienne soutint le regard de Claire ; et, avec une expression de souveraine impertinence :

— Votre père, ma chère ! Et que voulez-vous qu'il vienne chercher ici ?

— Ce serait à moi à vous le demander, Madame ?

De nouveau, leurs regards se croisèrent comme l'éclair de deux épées. Celui de Claire était si droit et si ferme que Nina sentit la nécessité de devenir insolente.

— Et c'est à vous, Mademoiselle, que Monsieur votre père a confié le soin de sa garde ?

— Mon père, Madame, ne remet ce soin-là à personne. En tout cas, il a trop le sentiment de la dignité de sa famille pour lui confier des choses dont elle pourrait avoir à rougir. Ce n'est que le plus grand des hasards qui m'a mise, moi, sa fille, au courant de certaines intrigues, dont je ne veux pas qu'il soit victime ; et voilà pourquoi je suis ici.

— Autant dire que vous vous êtes transformée en ange gardien. Une moderne Antigone. Mes compliments, ma chère ! Le dévouement filial ne saurait aller plus loin. Il est seulement regrettable qu'il fasse fausse route en cette circonstance, et que l'ardeur de vos sentiments généreux vous égare, ma belle enfant. J'ignore de quelles intrigues vous voulez parler. Ce que je sais, c'est qu'en tout cas, vous vous êtes trompée de porte. Monsieur votre père n'est pas ici.

— Où est-il?

— Ah! prenez garde... Ce n'est plus de l'indiscrétion, ceci; c'est de l'impertinence. Ah! ça, ma chère enfant, vous vous figurez donc que je suis le cornac de votre respectable père, puisque c'est à moi que vous venez demander compte de ses pas, de ses actes, de son sommeil peut-être et de son appétit!

— Oui, Madame, à vous; puisque vous le volez à sa famille!

A cette apostrophe, un sourire effleura les lèvres de Nina. Et, d'un geste narquois, repoussant loin d'elle cette accusation inattendue:

— Comment! Je le vole!... Mais je vous assure, ma chère enfant, que je n'en ai pas la moindre envie! C'est un ancien négociant très

respectable, très digne d'estime, que Monsieur
votre père; mais ce n'est pas un de ces hommes
que leur physique expose à un rapt. Voyons,
ma petite, soyez un peu moins romanesque.
Vous versez dans le lyrisme. Est-ce l'amour
filial qui vous fait ainsi ?...

— Ah ! oui, raillez. C'est un moyen. Mais il
ne réussira pas, je vous en avertis. Ah ! vous
croyez qu'il suffit, en parlant de votre victime,
de le prendre sur un ton de persiflage pour me
donner le change ! Mais, misérable femme, il
fallait donc mettre un peu de pudeur et de
retenue dans l'œuvre de votre séduction ! Il ne
fallait pas, en public !... Ah ! tenez, l'indignation
me monte à la gorge ! Quelle nature êtes-vous
donc ? Ce n'est pas assez pour vous de porter
la honte, le désespoir dans une famille ! Il faut
encore que vous y ajoutiez l'ironie et l'outrage.
Vous n'êtes pas satisfaite d'avoir fait du père
votre esclave pour le dépouiller, pour le
déshonorer; vous accueillez avec des sarcasmes
la fille qui vient vous demander : « Où est-il ?
Qu'en avez-vous fait? » Hé bien ! Je le saurai,
où il est. Je vous l'arracherai. Je ne vous per-

mettrai pas de vous jouer plus longtemps de l'honorabilité d'un honnête homme et de la santé, de la vie peut-être, d'une honnête femme... Allez! votre hypocrisie ne m'en impose pas. Vous n'êtes qu'une courtisane! la plus méprisable des courtisanes!

Cette fois, Nina blêmit sous la flétrissure. Son sourire moqueur s'éteignit. Elle se mordit les lèvres jusqu'au sang. Elle voulut parler: les paroles s'étranglèrent dans sa gorge; il n'en sortit qu'un sifflement semblable à celui d'un reptile.

Elle était debout, la tête renversée en arrière. Un geste furieux de sa main étendue et tremblante, montrait à Claire la porte du salon.

La jeune fille sortit, mais la tête haute, dédaigneuse et superbe; tandis que l'Italienne se tenait à quatre pour ne pas fondre sur elle avec des rugissements et des coups de griffe de tigresse.

Une fois dehors, l'air frais calma l'effervescence de la jeune fille, sans influer sur sa décision. Elle regagna rapidement l'hôtel. Elle

9

ouvrit la porte du bureau où il n'y avait, à ce moment, qu'un garçon de service.

— Savez-vous, demanda-t-elle, si M. Davis est chez lui ?

— Il vient de rentrer, Mademoiselle.

— Veuillez lui dire que je le prie de descendre un instant, et de me rejoindre dans le petit salon. J'ai à lui parler.

— Bien, mademoiselle.

Quelques minutes après, William Davis parut. Une vive émotion se peignait sur son visage.

— Vous m'avez fait l'honneur de me demander, Mademoiselle, dit-il en s'inclinant. Puis-je savoir ?...

Il n'acheva pas. Un coup d'œil venait de lui montrer Claire debout, pâle et froide comme une statue de marbre.

Il y eut un silence. William, interdit, attendait qu'elle s'expliquât.

— Monsieur, demanda-t-elle rapidement, et presque à voix basse, connaissez-vous beaucoup — elle appuya sur ce mot — Monsieur et Madame Seyghine ?

— Beaucoup, non, Mademoiselle. J'ai déjà eu l'honneur de vous dire que je ne compte pas M. Seyghine parmi mes amis.

— S'il en est ainsi, Monsieur, comment se fait-il que vous soyez si prompt à le présenter comme tel aux personnes avec qui vous vous trouvez en rapport ? Ne vous est-il jamais arrivé de vous dire qu'en agissant ainsi, vous pouviez commettre une mauvaise action ?

— Une mauvaise action, Mademoiselle ! Une mauvaise action, moi !

— Soit ! je vous laisserai, Monsieur, je laisserai à votre conscience le soin de qualifier la conduite d'un homme qui s'empare d'un père de famille pour le livrer, un bandeau sur les yeux, à des aventuriers...

Elle s'arrêta, comme suffoquée. William, les yeux dilatés par l'étonnement et l'angoisse, la regardait.

— Ainsi, Mademoiselle, bégaya-t-il, vous croyez que, sciemment et volontairement, j'ai mis votre père entre les mains d'une bande de grecs.

— Une bande de grecs !

Claire ne savait encore que la moitié de la
vérité. Ce mot de William fut pour elle un trait
de lumière qui lui révéla le reste. Elle comprit
que Nina était la complice et la pourvoyeuse
d'une association de chevaliers d'industrie. Elle
comprit pourquoi elle n'avait pas trouvé son
père chez l'Italienne. Elle comprit qu'on devait
le dépouiller quelque part dans un tripot. Elle
comprit tout cela, instantanément. Le complot
entier se dessina nettement devant ses yeux.
Saisie d'une appréhension terrible, elle attendait, immobile, que Davis continuât.

— Ah ! je comprends, poursuivit-il, le sentiment qui vous dicte de si amères paroles. Mais
me supposer, moi, capable de... Oh ! oh !

Il s'était encore arrêté, haletant, comme si
les paroles ne pouvaient se frayer un passage
à travers sa gorge.

— Ah ! je suis trop puni, reprit-il après un
nouveau silence, d'un acte dont je n'avais pas
prévu, croyez-le bien, ni mesuré les conséquences. Cet acte, je me le suis déjà reproché
amèrement... Mais enfin, Mademoiselle, s'il y
a eu de ma part légèreté, inconséquence, tout

ce que vous voudrez, il n'y a pas eu préméditation. Et la pensée que vous avez pu me croire, que vous me croyez complice de ces misérables... Ah! c'est affreux! c'est affreux!...

Il enfonça dans sa chevelure ses doigts crispés, dévorant les sanglots qui lui montaient à la gorge. Enfin, relevant la tête :

— Hé bien, oui, j'ai été coupable. Ce Seyghine m'inspirait de la défiance. J'aurais dû être sur mes gardes. Quand j'ai commis la faute de vous le présenter, je croyais faire un acte de banale complaisance, et ce n'est que plus tard, en y réfléchissant, que je me dis que j'avais eu tort. D'après ce que vous venez de m'apprendre, j'ai été l'instrument d'une infamie... Je vous demande pardon, Mademoiselle, humblement pardon des chagrins que je vous cause. S'il existe un moyen quelconque de réparer le mal dont j'ai été l'auteur involontaire, parlez, je vous en prie. Quel que soit mon devoir, veuillez croire que je n'y faillirai pas.

La sincérité de la douleur et de l'accent de William désarma Claire ; c'est d'un ton radouci qu'elle répondit en s'asseyant :

— Excusez-moi, Monsieur Davis, si, dans ce que je viens de vous dire, l'expression a dépassé ma pensée. Vous, complice d'une infamie ! Non, je n'ai pas cru cela. Jamais cette idée ne s'est présentée à mon esprit. Seulement je me suis demandé par quelle fatale circonstance vous aviez été entraîné, vous, un honnête homme, à servir les complots de gens que vous venez vous-même de qualifier. Avec une générosité dont je vous sais gré, Monsieur, vous vous offrez à réparer le mal. Merci. Tout ce que je vous demande est de répondre avec une entière sincérité à la question que je vais vous adresser. Ainsi, avant cet entretien, vous ne saviez rien de ce qui se passait, absolument rien ?

-- Je vous jure, Mademoiselle Claire, que jusqu'à cet instant j'ai ignoré le premier mot de cette infamie.

— En sorte que, si je vous demandais maintenant où est mon père, il vous serait impossible de répondre à ma question.

— Pardon, Mademoiselle, je crois savoir où est M. Rabotteau.

— Vous le savez ?

— Oui. Par une indiscrétion bien indépen-
dante de ma volonté, veuillez le croire, j'ai
été mis au courant de confidences qui ne
m'étaient point destinées. Mais je ne vois pas
quel rapport... à moins que Seyghine...

Eh ! oui, il n'y avait pas à en douter. Le
tripot, c'était là ! C'était villa de Chypre ! Et
quel tripot !... Des filles et des grecs !...

— Ah ! les misérables! murmura-t-il.

Claire, impatiemment, agitait la main.

— Cette adresse, Monsieur Davis, cette
adresse...

— Cette adresse, Mademoiselle !

Il hésita ; il regarda la jeune fille.

— Puis-je vous demander ce que vous
comptez en faire ?

— Mais...

-- Vous rendre à cette maison, n'est-ce pas ?

Il secoua la tête, et d'un ton profondément
attristé :

— Ne faites pas cela, Mademoiselle Claire. Je
vous ai dit tout-à-l'heure que je tiens à honneur

de réparer mes torts. Voulez-vous vous reposer sur moi du soin d'aller trouver M. Rabotteau ?

— Pourquoi, vous ?

William, sans répondre, baissa la tête.

— Pourquoi faut-il, insista la jeune fille, que ce soit vous qui alliez trouver mon père ?

Le regard de l'Américain devint suppliant.

— Ah ! je comprends, s'écria-t-elle. Une femme ne peut pas décemment mettre les pieds dans cette maison. Voilà ce que vous ne voulez pas me dire, n'est-ce pas ? Oh ! pauvre père ! Quelle honte ! quelle honte ! mon Dieu !

Et la malheureuse enfant, cachant son visage de ses deux mains, se mit à sangloter. William, silencieux, se tenait debout devant la cheminée.

— Et voilà votre œuvre, Monsieur ! Ah ! tenez ! vous avez été bien coupable. On n'est pas inconsidéré à ce point. On ne jette pas comme cela, voyez-vous, l'honorabilité d'un homme, la santé d'une femme, le repos, le bonheur de toute une famille, en proie à une aventurière et à une bande d'escrocs.

— Vous êtes sans pitié, Mademoiselle, répondit doucement Davis. Mais, de quelque

façon que vous me traitiez, vous ne serez
jamais aussi sévère pour moi que je ne le suis
moi-même, croyez-le bien. Veuillez m'attendre
une demi-heure. Je vous ramènerai ici votre
père, je vous en donne ma parole d'honneur.
Ensuite, vous me jugerez en toute liberté
d'esprit. Et peut-être qu'alors, en y réfléchissant, vous trouverez que je suis plus à plaindre
encore qu'à blâmer. Au revoir, Mademoiselle.

. . . .
. . . .
. . . .

Quelques minutes après, William Davis se
dirigeait à grands pas vers la villa de Chypre.

Ses préoccupations l'empêchèrent d'apercevoir, dans la demi-obscurité de la nuit, une
voiture de place qui le suivait à quelque distance, réglant son allure sur la sienne.

Lorsqu'il eut franchi la grille du jardin, la
voiture, à son tour, s'approcha. Elle se rasa au
bord du trottoir, sous les platanes. Personne
n'en descendit ; mais, à l'intérieur, une femme
s'accota vivement contre la portière, le visage
collé aux vitres.

XIII

Ce soir-là, dans le petit salon de Francesca Ramazzi, une lutte serrée, silencieuse, ardente, presque farouche, s'était engagée entre Potence et Simon Rabotteau.

Il n'y avait pas d'autre habitué de la maison. Landau n'était pas là. Landau n'avait plus reparu. Irma Vivant, lancée par l'association à la poursuite de l'infidèle, était revenue bredouille, annonçant qu'il devait avoir pris le train, dans le plus strict incognito.

Décidément, les actions de la société baissaient. Depuis quelque temps, tout n'allait que d'une aile. Les clients prenaient la fuite les uns après les autres. On n'avait pas même pu fixer le joyeux père Landau ; c'était à désespérer de la fidélité des gens. Heureusement on tenait encore Rabotteau ; et, dans ces conditions de guigne et de déveine, tous les associés sentaient la nécessité de frapper un grand coup. Il ne fallait pas lui laisser la moindre plume, à celui-là.

Rabotteau jouait avec une rage concentrée, et chaque partie perdue lui enlevait un peu plus de son sang-froid, c'est-à-dire de ses chances. Potence, ayant reçu dans le tuyau de l'oreille la communication de Michel : « Il faut en finir », était bien décidé à ne lâcher sa proie que complètement décavée.

L'un se débattait furieusement entre les griffes aiguës qui l'enserraient ; l'autre précipitait ses coups, et faisait voler les plumes du pauvre pigeon livré à sa rapacité.

Il y avait quelque chose de solennel et de terrible dans ce duel sans merci. A côté de Rabotteau, Pidoux, debout, pariait et perdait sans mot dire. Flavio suivait avec la même

attention silencieuse le jeu de Potence. Seyghine, le comte, tous étaient là. Tout le personnel de l'établissement attendait, sous les
armes, le coup décisif qui devait achever de
dépouiller la victime.

Potence tenait les cartes. Il les distribua
nonchalamment, avec une grâce de joueur
émérite.

Puis, toujours avec le même flegme, il
ouvrit son jeu, le parcourut d'un coup d'œil,
le referma et, s'accoudant sur la table, attendit
son adversaire.

— Des cartes, demanda sourdement Rabotteau.

Avait-il des soupçons? Toujours est-il qu'il
vit Pidoux se pencher sur son jeu, et trans-
mettre un signe à Potence.

— Canailles! s'écria-t-il en jetant ses cartes.

Il se leva, les dents serrées, les mains
agitées par un tremblement furieux.

— Canailles! bégaya-t-il une seconde fois.

A cette apostrophe, Potence bondit sur son
siége. Le comte Ruffopoulos eut l'air de
ressentir une commotion électrique. Seyghine

s'avança vivement. Tous entourèrent Rabotteau dont les lèvres, violettes et tremblantes, laissaient encore échapper par intervalles ce mot que l'indignation étranglait à demi : Canailles !... Canailles !...

Au bruit, Francesca s'était précipitée vers le petit salon, oubliant, dans son trouble, d'en refermer la porte.

Un tumulte violent de voix furieuses, d'apostrophes menaçantes, arriva comme un flot.

Toutes les femmes se groupèrent près de la porte, regardant, effarées, par l'entrebâillement.

— Mes enfants, dit à demi-voix Jeanne Chagot, il y a du grabuge là-dedans. Nous ne ferions peut-être pas mal de nous tirer des pieds.

C'est à cet instant que William parut.

Sans se faire annoncer, voyant le désarroi, il avait pénétré dans le salon. Il traversa rapidement cette pièce, au milieu de l'ahurissement de ces dames et, entendant la voix de Rabotteau dans la salle à côté, il se trouva dans le groupe, tout-à-coup, comme s'il eût jailli de terre.

La présence soudaine de cet étranger produisit un peu, sur les acteurs de cette scène, l'effet d'une tête de Méduse. Simon ne l'eut pas plus tôt aperçu qu'il retomba sur sa chaise, la tête basse, les bras pendants. La surprise fut telle que les mots de probité et d'honneur expirèrent sur la langue de Potence. Seyghine pâlit ; mais, s'efforçant de dominer son trouble, il s'avança au-devant de William en grimaçant un sourire :

— Mon cher Davis, quelle agréable surprise !...

— Allons! Monsieur, interrompit violemment l'Américain, assez de grimaces et de trahisons.

Puis, de la tête, désignant Rabotteau :

— Que fait ici cet honnête homme?

— Mais, dit le comte Ruffopoulos, on pourrait vous demander ce que vous y faites vous-même.

— Eh ! vous le voyez bien, riposta impudemment Potence, il joue.

— C'est-à-dire qu'on me joue, s'écria Simon, se dressant de nouveau comme un ressort. On me vole comme dans un bois. Cette maison est une forêt de Bondy. Tous complices, tous! Monsieur que voilà! et Monsieur! et encore Monsieur!

Il bégayait, et de la main désignait à tour de rôle Potence, Ruffopoulos, Flavio et Pidoux.

— Vous oubliez le plus infâme de la bande, compléta William froidement, le chef et l'âme de l'association ; vous oubliez Monsieur.

Son bras étendu montrait Michel Seyghine.

Le Russe ne put contenir un frémissement de rage. Il s'avança vers William, blême, les dents serrées et les poings fermés :

— Vous dites, Monsieur?

— Je dis que vous êtes un misérable, répéta l'Américain. Et voici ce que j'ajoute à l'appui de mes paroles.

Ce disant, il souffleta l'aventurier.

— Maintenant, Monsieur, déclara-t-il, très calme, en se croisant les bras, je suis à vos ordres.

Pour toute réponse, la bande entière se rua sur lui.

Soudain, Jeanne Chagot encadra dans l'entre-bâillement de la porte sa tête aux boucles folles.

— La Rousse ! cria-t-elle, en se faisant un cornet de ses deux mains ; sauve qui peut !

A ce cri, à ce mot, Potence voulut se jeter sur les enjeux. Davis vit ce mouvement et, s'appuyant sur la table, les bras en avant pour protéger le magot, il dit, toujours avec le même calme :

— Eh ! un peu de patience, Monsieur, s'il vous plaît. Voilà de braves gens qui arrivent juste à point pour vous épargner la peine que vous voulez prendre.

Mais déjà Seyghine avait éteint les lumières.

Suivi de ses complices, il se précipita, tête baissée, vers une issue secrète, habilement dissimulée par la tapisserie, et dont Simon ne soupçonnait pas l'existence.

Trop tard ! Il fut cueilli au passage par deux agents, pendant que deux autres, sous la conduite d'un brigadier de police, pénétraient par la porte du salon.

On ramena de force les escrocs dans la salle de jeu, où Davis avait rallumé des bougies.

Les misérables étaient pris. Louis Ménégot n'avait pas ménagé les détails sur la topographie de la maison et la disposition des pièces, de sorte que les agents avaient pu fort habilement organiser le traquenard.

Embusqués dans le jardin, depuis la tombée de la nuit, ils avaient profité du tumulte et des portes ouvertes pour envahir, sans être signalés, la villa de Chypre. En un clin d'œil, ils eurent mis la main sur les enjeux. Alors le brigadier, se tournant vers Seyghine, ivre de rage, et vers Potence, qui écumait :

— Qu'est-ce que c'est ? dit-il ; on se bat ici.

Et, tirant un papier de sa poche :

— Voyons, voyons. Quels sont, parmi vous, les particuliers qui répondent aux noms de Seyghine, Michel, Potence, Jacques, et Thémistocle Ruffopoulos ?

— Les voilà, dit Rabotteau, en les désignant tous, les uns après les autres.

— Ah ! ah ! mes gaillards, s'écria le policier ; il paraît que, non contents de tenir un tripot où nous tondons les gens, nous les rossons, par surcroît, quand ils ne sont pas sages.

Et, faisant signe à ses subordonnés :

— Ayez l'œil sur eux, commanda-t-il.

Mais Potence avait retrouvé une partie de son aplomb et rugissait :

— C'est une infamie ; nous ne sommes pas des malfaiteurs.

— On ne joue ici que l'écarté, ajouta Michel ; l'écarté est un jeu toléré, et la police n'a pas à intervenir dans cette maison. C'est un abus de pouvoir ; je proteste.

— Je proteste à mon tour, s'écria Rabotteau, incapable de maîtriser son indignation, que vous êtes une association d'escrocs. Et si vous avez besoin d'un nouveau témoignage contre ces misérables, ajouta-t-il en se tournant vers l'agent, je suis prêt, Monsieur, à signer une déclaration écrite à l'appui de mes paroles. C'est trop fort, à la fin ! Ils oublient qu'ils parlent devant une de leurs victimes, et qu'ils me volaient comme dans un bois, quand vous êtes arrivés.

— Hé bien ! les honnêtes gens ? interrogea le brigadier, d'un ton goguenard, voici un témoin de vos exploits qui n'insiste pas précisément sur la pureté de vos intentions. Au surplus, vous protesterez, tant qu'il vous plaira,

devant le parquet, qui vous réclame. Ainsi, pas
de phrases, mes beaux messieurs ; ou, ma foi !
— ce serait dommage pour la finesse de vos
mains — mais j'emploie les menottes.

Remarquant alors, à leur mine basse, les
deux complices de ceux dont il venait de citer
les noms :

— Il paraît, dit-il, qu'il y avait des sous-
ordres... Enfin, mes instructions n'en parlent
pas. On ne vous aura pas fait l'honneur de
s'occuper de vous, mes drôles... Allons, qu'on
déguerpisse, et plus vite que ça, ou je râfle tout.

Pidoux et Flavio ne se le firent pas répéter.

— Maintenant, Messieurs, ajouta le brigadier,
d'un ton plus doux, en se tournant vers William
et Rabotteau, il faut absolument que vous me
décliniez vos noms, prénoms, professions et
adresses. Croyez à tous mes regrets, mais je
suis forcé de verbaliser. Plainte formelle a été
portée. Nous aurons à entendre vos dépositions.

Tous deux s'exécutèrent. L'agent continua :

— J'ai aussi à remettre un poulet à la dame
Francesca Ramazzi, veuve d'un certain Emma-
nuel Ramazzi, et locataire de cette maison.

Mais Francesca n'était plus là. Profitant de la confusion, elle s'était lestement glissée dans le salon d'où ces dames avaient déjà déguerpi, et s'était envolée, à leur suite, comme une colombe effarouchée, sans attendre une explication sur cette soudaine invasion de ses foyers.

— Comment ! dit le brigadier, elle nous aurait brûlé la politesse ! Ce n'est pas gentil, ça. Voilà une dame qui sait pas faire les honneurs de chez elle. Après cela, elle n'est peut-être pas loin. Voyons ailleurs.

Faisant signe aux agents de veiller sur les prisonniers, il rentra dans le grand salon, suivi de William et de Rabotteau.

Une jeune fille était là, debout, les traits profondément bouleversés, les yeux agrandis par la terreur, en proie à une indicible angoisse.

Dès que Simon parut, elle se jeta dans ses bras, cachant sa figure sur sa poitrine et fondant en larmes.

— Claire ! articula Simon d'une voix sourde. Toi ici !... Comment ?

Sans achever sa question, il baissa la tête, la conscience bourrelée, sous le poids de cette humiliation suprême :

— Ah ! ma pauvre enfant !...

Il n'en put dire davantage. Cette exclamation se brisa dans un sanglot. Deux grosses larmes, s'échappant de ses yeux, coulèrent lentement le long de ses joues. . . . .

. . . .

Claire Rabotteau n'avait pu résister à l'inquiétude qui la dévorait. C'était elle qui, dans une voiture fermée, avait suivi les pas de William. C'était elle que nous avons vue arrêtée près de la grille de la villa de Chypre, et regardant éperdûment à travers les vitres de la portière.

En apercevant les agents qui quittaient leur cachette pour faire irruption dans cette maison maudite, elle avait été prise d'une affreuse épouvante. Elle s'était précipitée à leur suite, follement, désespérément, sans se rendre compte de ses actes.

Elle était entrée dans le salon au moment où ces dames fuyaient en tous sens ; et s'arrêtant, terrifiée, au seuil de la pièce voisine, elle avait entendu une partie de ce qui venait de se passer.

Le brigadier regarda un instant cette scène, et hocha la tête, sans mot dire.

William s'approcha de lui :

— Monsieur, dit-il à demi-voix, voici ma carte. Quand vous voudrez nous faire appeler, Monsieur et moi — il désignait Rabotteau — veuillez m'écrire un mot, à moi personnellement, à moi seul. Je vous en serai reconnaissant. Je vous donne ma parole d'honneur qu'à chacune de vos réquisitions, nous nous présenterons immédiatement à votre bureau. Seulement il y a une personne à l'hôtel qui ne doit rien savoir... absolument rien... de tout ceci. Je puis compter sur votre discrétion, n'est-ce pas ? C'est une affaire d'humanité.

Il appuya sur ce dernier mot.

Le brigadier s'inclina. Il comprit qu'il y avait là quelque douloureux secret de famille, et répondit, également à demi-voix :

— Vous pouvez y compter, Monsieur.

— Merci, dit Davis, en serrant la main de l'agent. Vous êtes un brave homme.

— Merci, Monsieur William, murmura à son tour Claire qui avait compris ce qui venait de se passer ; merci de ce que vous avez bien voulu faire pour mon père ; merci de votre bonne pensée pour ma mère malade. Vous me pardonnerez, j'espère, mes amères paroles de ce soir...

— Hélas ! puis-je espérer moi-même, demanda tristement William, que vous oublierez jamais le mal que je vous ai fait ?

Tous trois avaient hâte de quitter cette maison. Ils prirent congé de l'agent, qui s'obstinait à vouloir découvrir l'introuvable Francesca, et, quelques minutes après, la voiture qui avait amené Claire les déposait à la porte de l'hôtel Mazarin.

Un promeneur attardé qui eût passé devant la villa de Chypre un quart d'heure plus tard, aurait vu une autre voiture stationner devant la grille. Le brigadier allait procurer à ses prisonniers les agréments d'une promenade sentimentale en calèche, au clair de la lune, jusqu'au bureau de police.

XIV

— Voilà juste vingt et un jours que nous sommes à Vichy, dit Simon Rabotteau au docteur Précope, tandis que Mme Rabotteau tenait ses mains étendues dans l'appareil décrit plus haut, et que le savant homme comptait les secondes.

Le docteur Précope ne répondit pas : les yeux fixés sur son chronomètre, la figure grave et recueillie, il continuait mentalement son calcul. A la fin, il consigna le résultat de ses obervations, disposa ses chiffres, en dégagea l'inconnue et, se frottant les mains d'un air de bonne humeur :

— Et vingt et un jours bien employés, mon cher Monsieur, déclara-t-il, je vous le certifie. Mon appareil m'indique là des résultats aussi satisfaisants que précis. Il se tourna vers Mme Rabotteau :

— Madame, vous pouvez vous considérer comme guérie. Non pas que toute trace de maladie ait disparu : on n'arrache pas de la constitution, en vingt et un jours de traitement, un mal aussi profondément enraciné; mais, avec des soins, avec la continuation de la cure à domicile, d'après les indications que je vais vous donner, nous aurons raison de l'ennemi... Oui, ajouta-t-il, en se frottant les mains plus fort, nous en aurons raison.

Madame Rabotteau sourit. Simon rayonnait.

Il était profondément heureux d'accueillir les espérances dont l'entretenait le docteur. Et puis il y avait, tout au fond de lui-même, une autre cause de satisfaction que William seul connaissait. Par William, en effet, il avait été mandé, ce matin-là même, au commissariat de police, où on lui avait remis sa part des enjeux saisis chez Francesca. Il avait bien laissé quelques centaines de louis entre les griffes de Seyghine, Potence et Cᵢₑ, mais il trouvait que la leçon valait le fromage. Somme toute, s'il avait été le corbeau, les renards étaient pris. Il était vengé, cela le consolait.

— Vous étiez en de bonnes mains, avait dit le commissaire. Oh ! je vous prie de croire que les états de service de ces messieurs ne laissent rien à désirer. Jugez-en ; ces deux volumineux paquets que vous voyez là sont leurs dossiers.

Pourtant ce sont toujours des choses très délicates, très épineuses, que ces affaires de jeu, surtout quand il s'agit, comme dans ce cas, de jeux tolérés et de domicile privé. Il a fallu, pour agir, un ordre du parquet. S'il n'y avait pas eu, contre ces escrocs, les charges les plus graves, si une plainte formelle et signée n'avait été déposée contre eux, si enfin une circonstance fortuite n'avait permis aux agents de les prendre en flagrant délit, vous perdiez votre argent, Monsieur, sans rémission et sans recours. A Vichy, comme dans toutes les villes d'eaux, la surveillance la plus active ne peut empêcher la présence d'un certain nombre d'aigrefins, écumeurs de tapis vert, dont le métier est de dévaliser les honnêtes gens. Vous êtes éclairé maintenant sur leurs procédés, et l'expérience que vous avez acquise à vos dépens suffira, sans doute, pour vous garantir du danger d'une récidive.

Ces paroles revenaient à l'esprit de Rabotteau. Il croyait les entendre encore sonner à ses oreilles, pendant que le docteur libellait son ordonnance.

— Voilà, dit M. Précope. Obéissez de point en point à ces prescriptions. Écrivez-moi, s'il y a lieu, et...à l'année prochaine.

Rabotteau prit l'ordonnance et glissa un pli cacheté dans la main du docteur.

— Je vous remercie, Monsieur, des excellents soins que vous avez donnés à ma femme. L'espoir que vous exprimez me comble de joie. Oui, à l'année prochaine...

Puis, d'un ton de mystère, baissant la voix :

— Avant de prendre congé de vous, docteur, je tiens à vous faire part du mariage de ma fille. Claire épouse un jeune homme de nos amis, Monsieur William Davis.

— Ah ! dit M. Précope, en s'inclinant ; mes félicitations, Mademoiselle.

— Dites donc, docteur, continua Rabotteau à mi-voix, en prenant la boutonnière du savant homme qui reconduisait ses clients, il y a dans vos eaux alcalines une vertu dont vos brochures ne parlent pas, hein ? Vous craignez de faire fuir les vieux garçons ?

Le docteur sourit.

— Ah ! dit-il, l'effet matrimonial des eaux de Vichy.

— Matrimonial, soit ! mais diablement excitant en tous cas, pensa l'ancien marchand de grains.

L'image de Nina venait de jaillir, en traits de feu, dans son souvenir.

Il ferma les yeux, prit son mouchoir dans sa poche, et se moucha bruyamment pour chasser cette diabolique vision.

Cependant, un jeune homme qui, par discrétion, n'avait pas voulu entrer, attendait la famille Rabotteau en se promenant de long en large, devant la maison.

— Monsieur William Davis, le fiancé de Claire, dit Simon au docteur qui s'était arrêté au seuil de sa porte.

William, se voyant désigné, s'approcha et salua le médecin.

M. Précope contempla pendant quelques secondes ces visages souriants ; puis, s'adressant à l'Américain :

— Mes meilleurs, mes plus sincères compliments, Monsieur.

Et à Mme Rabotteau :

— Voilà des émotions que je ne vous interdis pas, Madame. Au contraire !

Mademoiselle, ajouta-t-il en se tournant vers Claire, vous emporterez de Vichy la santé de votre mère et le bonheur de votre vie.

Comme ils s'éloignaient dans la direction du Parc :

— Est-ce vrai, Mademoiselle, ce que vient de dire le docteur ? demanda tout bas l'heureux William à la jeune fille.

Un regard de la charmante enfant fut toute sa réponse ; mais William s'en tint apparemment pour satisfait ; car il n'insista pas. Leurs mains se cherchèrent et s'étreignirent. . . . . . .

. . . .

. . . .

. . . .

. . . .

A l'hôtel Mazarin, la nouvelle du mariage de William Davis avec Claire Rabotteau ne surprit personne, mais fut accueillie avec de vives marques de sympathie pour les deux fiancés. Zéphyrin Nuageux y alla d'un épithalame de deux cents alexandrins. Seul, Autrejacque hocha la tête, en célibataire endurci :

— Votre fiancée est charmante, dit-il à William ; mais... mais je vous donne rendez-vous à Vichy, dans un an.

— Dans un an, c'est dit ! s'écria gaiement Davis. A une condition : c'est que, si notre lune de miel dure encore, vous vous engagez, vous, Gabriel Autrejacque, à rompre en visière avec vos théories de célibat jusqu'à la mort, et à épouser Mlle Fourneron.

Autrejacque fit une légère grimace. Si quelqu'un eût pu lire au fond de son âme, il y
aurait peut-être trouvé une image plus souriante que celle de la vieille fille, sous les traits
d'une des sœurs Fulgence.

Cusset - - Imp. J. Aulagne et M. Rotchet.

Original en couleur

NF Z 43-120..0